翰墨風流

葉揚著

中華書局

目録

小引

我們老葉家，在我父親（諱蔥奇）這一房，有個「傳統」，就是我們七個兄弟姐妹，每人從小就從父母那裏得到一本「紀念册」作禮物，可以請我們家的諸多親友，在裏面題詩作畫。一開始，因爲我們年紀小，「面子」不够大，所以這請人留下墨寶之事，實際上往往是由父親親自出馬的。大哥葉治（字世將）長我廿四歲，大姐葉嬰齊（字端臨）長我廿歲，他們兩位是上個世紀二十年代生人，在三十年代度過他們的童年，在四十年代求學、成長。所以在他們的紀念册裏留下手澤者，大多是父母的親友，甚至是父母的前輩，其中有好幾位，在民國的歲月裏堪稱一代翰墨風流，彌足珍貴。到了我們年齡較小的幾個，其生也晚，没有能趕上那些老前輩們。加以世事變遷，白衣蒼狗，所以我們的紀念册中，大多以親戚和自己的朋友、同學爲主，就遠遠不能跟大哥、大姐的珍藏相比了。大哥的紀念册屬於「袖珍型」的那種，現在坊間好像難以找到了。它高十一釐米，寬七點三釐米，雙開的頁面寬達十四點六釐米。大姐的那本，稍微大些，高十七釐米，寬十一釐米，雙開的頁面則寬達二十二釐米。這兩本小册頁，紙質均屬上乘。

活到了計算機時代的一大優勢，就是掃描技術已經進入千家萬户。大哥駕鶴西歸，常常還讓我感到椎心之痛，細想想却已經過去好多年了。如今我徵得了大嫂儲濱美和大姐的同意，將他們珍藏的紀念册中的書畫册頁掃描下來，再加上手邊其他一些零星的藏品，不揣淺陋，分別配上一點紀念的文字，主要着墨於這些人物與父母、兄姐，甚至是祖父（諱玉麟）、外祖父（鄭太夷，諱孝胥，號海藏）的淵源，希望能與會心的讀者分享，姑且也算是對於那個逝去的年代的一種一鱗半爪的追憶吧。

壬辰二月於美國加利福尼亞州華山市猿影齋

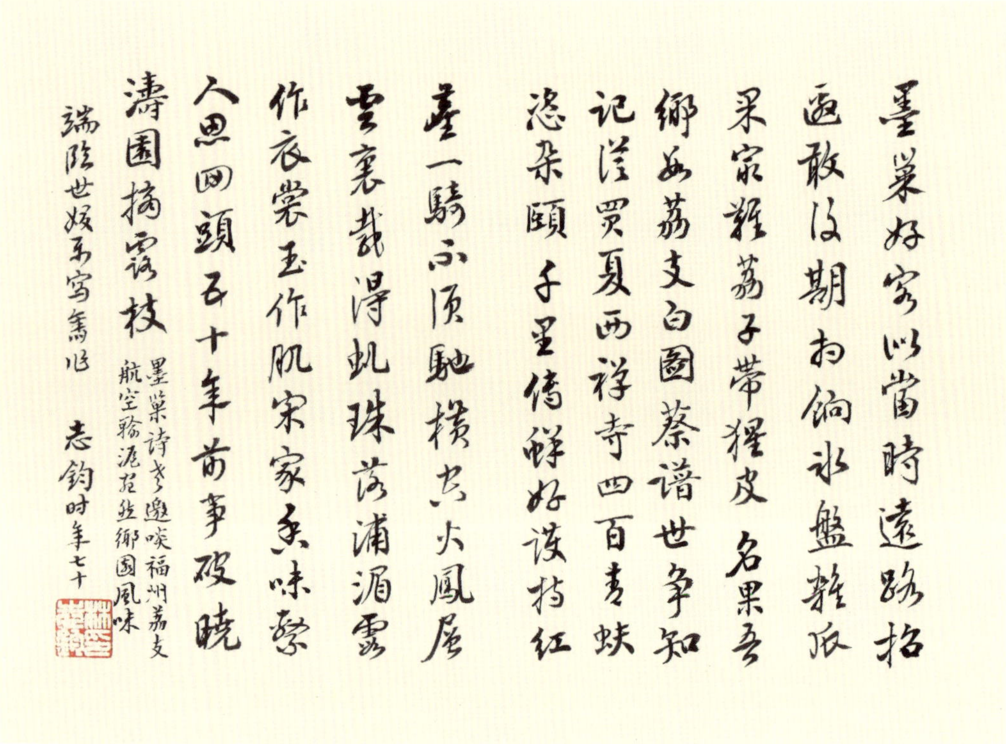
墨巢好客以當時遠路招
邀敢後期為倘冰盤難保
采宗經荔子帶猩皮名果吾
鄉無荔支白圖蔡譜世爭知
記從買夏西禪寺四百青蚨
恣朵頤千里傳鮮好誰持紅
塵一騎不須馳橫空火鳳層
雲裹截得虬珠落浦湄雲
作衣裳玉作肌宋家風味繫
人思回頭五十年前事破曉
濤園摘露枝
墨巢詩老邀啖福州荔支
航空輸運至此鄉國風味
端陔世姪屬寫舊作
志鈞時年七十

22 × 17cm

一　博聞洞觀：記林志鈞

林宰平（名志鈞，一八七八—一九六零）先生，福建閩侯人，去日本留學專攻法學，回國後曾任北洋政府司法部長，後來又曾在燕京大學和清華國學研究院教授哲學。他是我母親（鄭氏，諱文淵）的同鄉，從外祖父的日記上知道，早先他常去海藏樓做客，外祖父長他十八歲，跟他算是忘年之交。外祖父去世後，他雖長我父親廿六歲，却與父親兩相契合，成爲新一代的忘年之交。上世紀四十年代初，父母携全家寓居天津，有時來往於京、津之間，據大姐回憶，當時宰平與父親常有來往。父親的詩集裏，卷四和卷五中各有題贈宰平的詩作，前者是爲他祝壽的兩首五古《贈宰平》，作於我出生的一九四八年，後者爲七絶二首，題作《宰平屬題雙紅桑館圖》，作於一九五零年。四十年代中葉以後，我們全家又回到上海，在海格路寓所住下。讀張中行《負暄瑣話》中的記載，可以知道宰平也在一九四八年春天離開北京南下，一直到一九五零年晚秋才又搬回北京。所以父親的這些詩篇，應該就是作於這三年之間，他們大概常有往來，但是我當時年紀太小，如今已經毫無印象了。父親在《題宰平》的第一首中，對於他這位「博聞」、「洞觀」的老友的學問、爲人，有甚爲詳細的描摹，兹將全詩抄録如下，裨補野史之空白：

先生造物徒，博聞乃餘事。軒冕偶一攖，長作墮甑棄。
洞觀達萬匯，何止淡名利。惟有讀書心，少逮老不異。
百家溯秦漢，玩索窮三易。游觀際瀛海，强識周衆類。
點勘著述餘，簡帖復深邃。平生惜寸晷，坐起勤省記。
接人如春風，律己如嚴吏。俗士壽百年，所得才一二。
歌舞疲荒嬉，米鹽困憔悴。惟君躋耄耋，真乃足爲瑞。
持此以壽君，亦復非君意。但喜目力强，一笑書細字。

宰平給我大姐紀念册上所留手澤，標明時年七十，當爲一九四七年。所書七絶四首，是應另一位同鄉李拔可（名宣龔）先生邀請、品嘗家鄉捎來的荔枝之後所寫，大概總是自己得意之作。

臧玉林先生為諸生三十年未嘗
一日不讀經偶有所得即記錄間附他
說積久成三十卷名經義雜記大概深
於漢唐訓詁之說太原閻氏一見歎為
學識出唐儒陸孔之上先生不求人知
他人亦無知之者殁後九十餘年而元孫
鏞堂禮堂以經學見知于時其書始
刊行第各條隨所得先後未嘗編次
余于甲戌夏日為纂一目曰易曰書
曰詩曰春秋曰左傳曰公羊穀梁曰周
禮曰儀禮曰禮記曰大戴禮曰論語曰
孟子曰孝經曰爾雅曰音訓而以雜論
終焉每條下多注原卷次第以便爲
檢然二十餘年來亦未能細讀此書也
錄曝書雜記一則
世將世兄雅屬　林志鈞

14.6×11cm

二　經學餘韻：再記林志鈞

林宰平先生這裏爲我大哥以細筆小楷書寫的，是錢泰吉（一七九一—一八六三）的《曝書雜記》中有關臧玉林（名琳）及其所著《經義雜記》的一段。錢氏字輔宜，號警石，一號深廬，嘉興人，所著《曝書雜記》，記叙平生所見各類書籍的要旨、體例、版本、校勘等等，其他學者的校讎工作，以及諸家抄、刻、收藏書籍的情况，是一部信息量大、體裁頗爲獨特的筆記，歷來被學界視爲校勘學、文獻學的重要著作。父親在《贈宰平》一詩中稱贊他「點勘著述餘，簡帖復深邃」。按宰平著有《甲秀堂帖考》，其中部分曾發表於我叔父百豐在上世紀四十年代初主編的《群雅》雜志之中，又留有綫裝《北雲集》，詩、文各一。校勘是宰平生平所好，《曝書雜記》當爲他長置案頭之書。又宰平與梁任公（啓超）是知交密友，兩人曾同在清華國學研究院任教。任公逝世前，交代家人委托宰平整理其遺著，《飲冰室合集》之出版，即由宰平主其事。任公在《中國近三百年學術史》中曾説，臧玉林的《經義雜記》之所以應該「另眼相待」，因爲它是一部饒富乾嘉精神的康熙初年作品，可見梁、林對此書都有興趣。想來兩人雖然生平從事都在其他領域，但是清季蔚爲大宗的經學，其流風餘韻，在他們身上都還能見到。

宰平在北大教哲學，金岳霖、張中行、吴小如、沈從文等人的回憶文字中對他都有所描述。宰平原配梁氏，一九二九年過世，生有一子林庚，日後亦成爲北大中文系教授，但是父親從未提到過他，大概並不認識。大姐回憶，我們家住在天津時期，宰平與其繼配沈夫人常同來走動。小姐姐葉逢在天津出生後，沈夫人還特地來送了一對上面織有小鷄圖樣的圍嘴。《北雲集》中有一首五律《葱奇寄詩次韻答之》（第五十六頁）。遍覓父親詩集，却找不到這樣一首寄給宰平的五律。看來父親自己手書編次、後來由大哥抄録裝訂成册的詩集，還有遺漏。據葉逢的回憶，父親有一些詩，寫好了以後就抄寫在當時的日記裏，後來日記在「文革」初期付諸丙丁，以致這些詩未能保存下來。

14.6×11cm

三　「温粹世難求」：記夏承詩

父親諸友中，我最熟悉的就數夏幼達（名承詩，一九零九—一九七七）先生了。父親長他五歲，但是自有記憶開始，我見到了總是稱呼他「夏伯伯」，他總是笑嘻嘻地叫我一聲「世兄」。他身材不高，舉止儒雅，圓圓的腦袋，臉上永遠是和顏悦色。給我印象最深的，是他那深沉渾厚的嗓音。當時私下猜想，他要是開口唱歌，一定非常好聽。幼達的父親劍丞（名敬觀）先生，是祖父、外祖父的摯友，所以幼達跟父親算是通家世交。看陳誼所著《夏敬觀年譜》，幼達出生於宣統元年正月（一九零九年二月），初名承宣，同年過繼給堂伯父達齋（名敬敏），改名承詩。父親詩集中，最早題贈幼達的是卷三裏的兩首七律，分別作於一九四一、一九四二兩年，都是次韻酬答幼達的，未知幼達的後人可曾將原詩保存下來？「文革」期間，大家不便來往，父親想念幼達，在一九七零年，還寫了一首五律《寄懷幼達》，其頸聯爲「寸步悲難見，危魂嘆屢驚」，因爲幼達住在淮海中路常熟路，就是乃父於一九三九年四月卜居遷入的「静村」舊居，離我家不遠。十年浩劫之後，兩位老友歷經磨難，重新來往走動。沒想到未隔許久，幼達患上喉癌，手術後父親去看他，他已不能説話，兩人只好筆談，不久他就去世了，父親非常難過，寫了一首五律《哭幼達》，首聯化用《論語・雍也》的典故，頷聯標舉幼達温柔敦厚的人品，頸聯回顧兩人一生的交誼：

斯疾一何虐，斯人墮冥幽。
才華時可遇，温粹世難求。
契合從青鬢，艱虞到白頭。
已枯雙眼淚，沸涌爲君流。

幼達攻讀化學，在製藥廠任工程師，並不以詩文書畫知名於世。然而他跟父親交談，話題總不離詩詞舊學。《李宣龔詩文集》卷末《碩果亭看花酬唱集》有幼達七律一首，題作《次墨巢年丈看花韻》，觀其功力，一般治科學出身者難以望其項背。他的這幅山水册頁雖爲游戲筆墨，可是畫面中心聳立着一座不見峰頂的「斷山」，頗具創格，設色淡雅，題辭的一筆小楷也圓熟可喜。

14.6×11cm

四 「畫到梅花不讓人」：記高時顯

高野侯（名時顯，字欣木，一八七八—一九五二）先生在大哥紀念册中留下一書、一畫兩幅墨寶，二者均標明爲辛巳年三月（一九四二年三、四月間）所作。野侯幼於祖父兩歲，長父親廿六歲，但據我模糊的回憶，好像父親説起過，主要還是他的舊交。野侯出生於杭州望族，當年城中知名之高義泰布莊即高府産業。野侯於光緒癸卯年（一九零三）中舉，其諸兄弟均以詩文、書畫、金石知名於世，而尤以排行第二之野侯及其長兄存道（名時豐，字魚占，一八七六—一九六零）、六弟絡園（名時敷，字戈虬，一八八六—一九七六）造詣最高。

杭州下城區中山北路以東永豐巷二十五號，爲野侯舊居。梅蘭竹菊「四君子」，爲傳統文人畫之重要題材。當年野侯專事收藏歷朝梅花畫作，曾稱其寓所爲「五百本畫梅精舍」，收藏之豐，可以想見，而其藏品中最爲得意者，即元代王冕之墨梅長卷，因即以此鎮宅之寶，名其齋爲「梅王閣」。野侯耳濡目染之名人作品既多，取法乎上，故其自作梅花，亦冠絶一代。除書畫而外，亦工篆刻，所治印章有「畫到梅花不讓人」一枚，頗爲自負。此畫上所鈐「梅王閣」、「野侯六十後作」以及姓名分作三字等諸印，當亦爲其親篆。據云杭州永豐巷野侯舊居，建於一九三零年，位於孩兒巷南之小山丘上，原佔地二畝有餘，爲磚木結構之中式花園别墅，外以青石砌高臺一座，可拾級而上，園中舊有粉墻黑瓦之平房數楹，庭前設假山、植古木，曲徑通幽。上世紀七十年代末，城中興土木，此老屋已被拆除大部，非復舊觀。又云近年來杭州市因旅游、商業需要，而有重修「梅王閣」之議。拙意大凡此種假古董，與新修之雷峰塔同類，實屬毁想象、殺風景的無謂之舉耳。

野侯晚年來滬，卜居江蘇路「月村」八十二號。月村（今四百八十弄）位於宣化路、安化路之間，建於一九三零年，内有樓房廿二幢，係西班牙式高級住宅。野侯爲大哥所作書畫，當即在此間揮毫。細玩此畫，設色古樸，筆法精純，文人畫所重之「簡」、「雅」、「拙」、「淡」、「含蓄」，皆得以充分體現，氣韻超逸，真一代風流也。

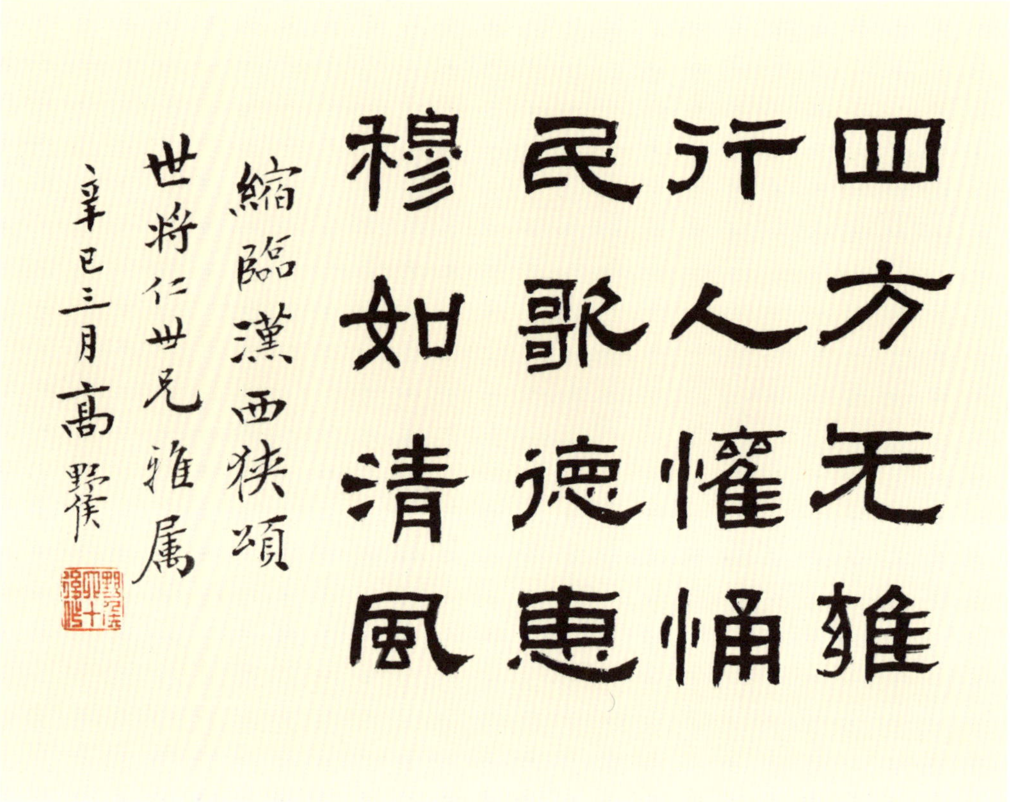

14.6×11cm

五 「穆如清風」：再記高時顯

前面介紹了野侯先生爲大哥紀念册中所作梅花墨寶，這裏再説説他的書法作品——爲大哥所臨摹的《漢西狹頌》。此碑歷來爲書家所重，原爲東漢隸書石刻，全稱爲《漢武都太守漢陽阿陽李翕西狹頌》，簡稱《西狹頌》，又名《惠安西表》，鎸立於東漢建寧四年（一七一）。碑爲摩崖刻石，在今甘肅成縣天井山魚竅峽，保存尚稱完好。據清代嘉慶年間上海青浦人、官至刑部右侍郎的王昶所集《金石萃編》記載，石高八尺八寸（三百四十釐米），寬六尺（二百二十釐米），正文陰刻二十行，滿行二十字，原字約四釐米見方。野侯化大爲小、自稱「縮臨」者，爲原作第十五、十六兩行中所選四句。此碑有影印本，民國時代上海藝苑真賞社曾有金屬版拓本，内有翁方綱題跋，未知是否即野侯所臨者。與其梅花墨寶不同，野侯所鈐印章，不再用陰文「梅王閣印」，而僅用朱文「野侯六十後作」一枚，且與畫作上所鈐、同爲陽文之另一印章不同。

再説一件趣事。十餘年前，北美《世界日報》之「上下古今」版有名姚盛者，以兩天連載發表《上海名士與上海菜》一文。自云曾居滬上數十年，而其舅父曾爲海上名厨，並言當年海格路（今華山路）有「大觀園藝圃」，每至周日，常有上海書畫、金石界老輩名士前往聚餐。藝圃爲迎合其口味，常用軟滑菜肴如「蟹粉豆腐」、「蛤蜊炖蛋」之類，但最受衆人擊節嘆賞者，却爲材料並不昂貴之「莧菜黄魚羹」一味。觀其所列名士，其中就有野侯與其杭州同鄉丁輔之（一八七九—一九四九）、王福厂（一八七九—一九六零），以及浙江嵊縣人商笙伯（一八六九—一九六二）、湖南衡陽人符鐵年（一八八六—一九四七）、江蘇常熟人江寒汀（一九零三—一九六三）等。從時間上看，應該也就在野侯爲大哥留下墨寶的上世紀四十年代。筆者四十年代末在海格路上出生，並在彼度過童年，倒是從未聽説過如此一家餐館，但文中所描述的衆星雲集、大快朵頤的場景，對當年父親而言，應該不是很陌生的吧。

寒柯堂著書硯

六　生日禮物：記高時顯贈余紹宋硯

一九七七年夏天，我虛歲三十初度，父親鄭重其事地給我一件生日禮物，是放在特製的木盒裏的一方端硯，盒裏放了一張小紅紙條，上面以毛筆小楷寫着：「丁巳夏六月二十二日，揚三十生朝，以此硯與之。葱奇。」其後此硯隨我遠渡重洋，數十年來，始終與我相伴。父親早年常住北京，跟着父兄養成了逛琉璃廠的愛好，而他平生淘寶最爲得意者，莫過於這方硯臺了。此硯長方形，微帶橢圓，四緣略高，厚達兩釐米，寬十釐米有半，長十五釐米，正面石質温潤如玉，父親常説它「柔若嬰膚」，背面鎸有「雲開日現」花紋，刀法厚重。木盒依硯臺原形特製，高四釐米，寬十一釐米有半，長十六釐米。木盒正面中央右側，一行六個大字，「寒柯堂著書硯」，往左兩行，每行九個小字，則是「壬申十月野侯持贈爲越園吾兄先生五十壽」，大小字均爲隸書，甚古樸。按壬申十月，當爲公曆一九三二年十月至十一月間，距今已八十年矣。在送給我珍藏之前，此硯長置父親案頭。父親還藏有大核桃數枚，從我有記憶起，父親早上坐於案前，總要將此硯之木盒蓋及核桃依次在臉頰兩邊揩拭、摩挲，説是可以用臉上的油脂加以潤澤。當年我有時想，父親瘦削的臉上，哪能有多少油脂，當然也没跟他這樣説。但是長年累月下來，木盒與核桃一樣，確實被父親「保養」得光可鑒人。

野侯先生爲父親舊交，前面已經介紹過他在大哥紀念册中留下的書畫墨寶。余紹宋（一八八二—一九四九），號越園，齋名「寒柯堂」，浙江龍游人，能詩，書宗章草，喜以焦墨作松竹木石，亦善山水，自以爲平生書法第一而墨竹次之。越園少於野侯四歲，而先彼三年去世，兩人生前合作之書畫作品，坊間尚有流傳者。

14.6×11cm

七 「疏通博詣」：記夏敬觀

夏劍丞（名敬觀，一八七五—一九五三）先生，江西新建人，以山水畫知名於世，兼工詩詞，尤以倚聲填詞爲民初一大家，又潛心經傳、音韻、詩詞評騭及考證，著作頗豐。他早年先與外祖父結識相交，自上世紀三十年代以後，又與祖父爲友，其哲嗣幼達，是父親的摯友。夏、葉兩家長住上海，來往比較密切，我們在家裏總稱劍丞爲「老夏」，以與幼達有別。筆者在《祖父葉玉麟散記》一文中曾經提到，一九三四年叔父百豐刊行祖父的文集《靈貺軒文鈔》，就是請劍丞先生作序。當年劍丞去世，母親在癸巳年四月十四日（一九五三年五月二十六日）給大姐的平安家書中說：「老夏逝世，初四汝父侍祖父往吊，祖父作祭文一篇。……幼達等號泣甚哀。光宣詩人，曠焉幾盡矣。」祖父應幼達之請，撰寫了《新建夏公墓志銘》，結尾的銘文中先說「翳惟哲人，誕自華胄；允爲經師，才不盡用」，後面又稱贊劍丞「疏通博詣」，對其學術、文章的總評，甚爲的當。

父親的詩集，第一卷始於一九二八年，當時父親年方廿五。次年，在寫了最初的十來首五言古詩之後，父親曾將手稿請陳散原先生和外祖父批閱，他們二人均留下簡短的評語。第一卷終於一九三三年，此時已收有各體詩三十餘首，父親再次請前輩批閱，劍丞先生就是其中之一，他爲父親詩作所留下的批語是：「出手生硬，才力迥不猶人，於詩界立勛，必能獨樹一幟。敬觀讀竟識。」此外，劍丞先生繼馬相伯、嚴復之後，於一九零八年夏就任上海復旦公學第三任「監督」。復旦公學正是我三姐葉令、四姐葉逢、姐夫張叔强以及筆者本人的母校復旦大學的前身，所以說起來劍丞先生還是我們姐弟四人從未覿面的老校長呢。劍丞先生爲大哥留下的此幅山水小品，未署年月，大致當爲四十年代前期所作。細觀此畫，筆鋒乾、濕相間，點、染、皴、擦，均古樸有致，真正做到了「墨分五色」，整個畫面上空及右下角均留有充裕的空間，遠追宋元人的章法，與清季四王以來之主流畫風不同，饒富韻味。

22×17cm

八　「墨色攫尺幅」：再記夏敬觀

根據劍丞先生於一九五二年病中口述、由其哲嗣幼達筆録的《吷庵自記年曆》，他於庚午年（一九三零）五十六歲時「始學爲畫」。陳誼《夏敬觀年譜》引用劍丞門人楊向時《夏敬觀先生書畫集序》所云：「所謂始學者謙辭耳。蓋公浸淫繪事有素矣。目存心受，又久與當世藝苑名家相接，好之而不能自已，始自操觚而已。」其實人到中年以後，忽然有前此未曾嘗試的愛好、迷戀，是很自然的事，英國首相邱吉爾下野之後鍾情於水彩畫，亦爲一例，實在没有必要曲爲之説。

不過，根據陳誼年譜的記載，劍丞從此年開始對於繪事的熱衷，倒是處處有迹可尋。同年，劍丞與吴湖帆等人成立「康橋畫社」，並開始以畫作饋贈友朋。七月，黄慶曾致書劍丞，謝其繪扇。十一月廿六日，外祖父日記中提到：「夏劍丞來，遺畫扇，頗清簡，又以所作《黄山十松圖》求題字。」次年十一月，朱古微（祖謀，一八五七—一九三一）病重，以遺稿及校詞雙硯授龍榆生，並請劍丞爲畫《上彊邨授硯圖》，劍丞受好友之托，立即動筆，畫成未久，古微即去世。又次年（一九三二）三月，劍丞西游華山，八月，根據華山游歷作《關山千里圖》。十一月，劍丞撰成《忍古樓畫説》，發表於陳灨一主編之《青鶴》雜志創刊號。是年，劍丞又爲外祖父作《天目紀游長卷》，外祖父酬謝，作五古《吷庵先生爲製天目紀游長卷賦謝》，其中有「追陪失杖屨，墨妙攫尺幅」的詩句。據陳誼年譜，此詩於一九三四年發表於《青鶴》第二卷第九期，但上海古籍出版社出版的《海藏樓詩集》並未收入。與以前介紹的大哥紀念册中手澤一樣，大姐紀念册中所存，亦爲劍丞畫作，兩幅小品，在風格上都符合外祖父「清簡」的評價。此畫上方全部留白，遠山僅用淡墨數抹，近山略加皴點，前景陂陀上下之七八株樹木，高矮、大小、墨色、姿態各異，神韻古淡，如對幽人。

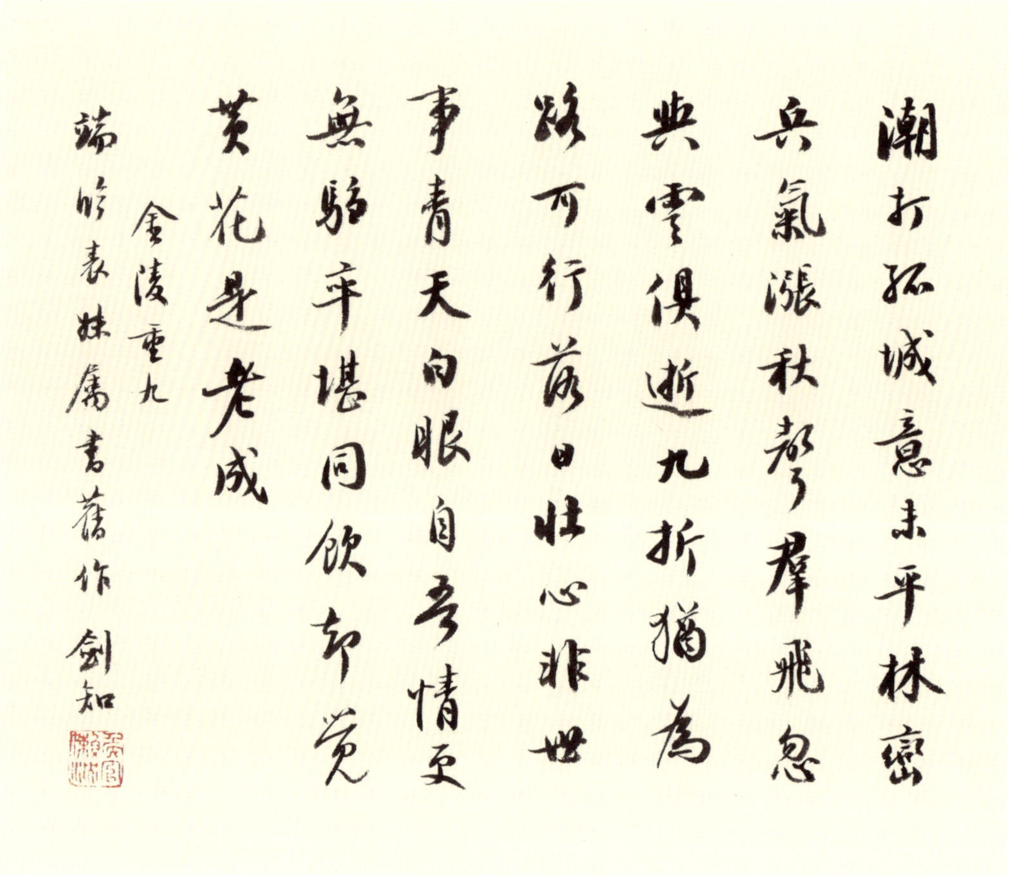
潮打孤城意未平林巒
兵氣漲秋聲羣飛急
與雲俱逝九折猶為
路可行旅日壯心非世
事青天白眼自多情更
無騎辛堪同飲卻覓
黃花是老成
金陵重九
端盼表妹屬書舊作 劍知

22×17cm

九　一代狂士：記沈覲安

陳巨來《安持人物瑣憶》問世之後，讀者得以窺見巨來筆下所謂「十大狂人」之一沈劍知（名覲安，一九零二—一九七六）的風貌。幼年在海格路（今華山路）寓所時，他常來拜訪父親。我已記不太清他的面目，印象中只約略有他一張方方的面龐，較爲深刻的倒是他的大嗓門兒。父親那時還是中年氣盛，劍知來聊天，父親往往要跟他「擡槓」，兩人爭辯不休，越講聲音越響。上世紀五十年代初，大姐從聖約翰大學化學系畢業，受了蘇俄電影《鄉村女教師》的影響，去安徽黃麓師範任教。在父親癸巳年十一月廿五日（一九五三年十二月三十日）給大姐的一封平安家書中，還有如此一段記載：「巢章甫郵借渠過批宋本李義山詩一部來……我方欣然展玩，劍知忽來，送銀色細沙包子十個，談到六點尚不走，師秀（筆者小名）急得不得了，是晚哥哥（指我大哥）買了兩張卡爾登戲票也。六點半沈走。」其實那晚的戲並不怎麽樣，宋紫珊的《紅娘》、宋寶羅的《失空斬》，加演一出《七星燈》。那年我才六歲，不過信中所説之事，確有印象。

劍知長父親兩歲，但以輩分言，父親是他的姨丈，所以他稱我大姐爲「表妹」。劍知的曾祖，是曾任船政總理大臣的沈葆楨，與外祖父同鄉，其故居皆在今日福州所謂「三坊七巷」一帶。外祖父在張之洞幕府時期，與葆楨的四子、亦即劍知的叔祖瑜慶（號愛蒼）過從甚密，茲後他成爲外祖父的「數十年親愛之交」。劍知之祖爲葆楨之長子瑋慶，父爲瑋慶之次子瀫清，而瀫清之原配、早卒的鄭夫人，當是我母親的堂姐；後來瀫清續弦祝氏，爲劍知生母。劍知與鄭家實無血緣關係，然而以輩分言，確實晚我父母一代。父親的友人中，若以詩、書、畫「三絶」之功力而言，劍知確爲首屈一指的人物。七律《金陵重九》一詩，出入後山、簡齋之間，甚有氣勢，其行書宗法趙松雪、董香光，參以米、蔡，筆力雄健遒勁。所謂「狂人」，確實有足够的資本可「狂」，但若巨來所述爲實，則劍知爲人，未能做到一個「狷」字，可惜。

22×17cm

十　無一俗筆：再記沈覲安

前面說到，沈劍知的詩、書、畫，在父親的友人中，冠絶一代。他曾自詡云：「平生治詩，取色鮮於太白，取情綿於義山，取氣於東坡，寓物抒情，夾叙夾議。」父親對劍知的書畫，頗爲服膺，在作詩上却不甘相讓，所以兩人見面，經常爭辯。劍知對自己的「三絶」頗爲自負，而唯獨古文一道，知道老葉家算是桐城古文正宗，所以當年請了我叔父百豐，專門課責他幾個兒子的古文。劍知早年喪妻，爾後有兩子先他去世，只有長子祖定，在外地工作，所以晚景淒涼。

鄭逸梅《藝林散葉》中說：「沈劍知傲慢成性，有請之寫條幅者，彼展紙撫摩一過云：『紙太劣，恐有損我之佳筆。』拒絶不書。」這也許是因人而異，因爲他在我大哥紀念册中，留下了兩幅書法以及設色、水墨山水各一，在大姐的紀念册中的墨寶，更多達八幅，其中包括書法四，設色、水墨山水各一，及設色、水墨花卉各一，想來應該不是因爲大哥、大姐的紀念册紙質特別優良的緣故吧。大姐說，當年從劍知那裏取回紀念册之後，見他一下子用去整整八幅，就跟父親吵鬧，說是以後如何再請別人留書畫。父親只好請了裝裱工匠，將其中兩幅書法和兩幅花卉拆下，所以至今這四幅還是册外散葉。在網上見到有位劍知同鄉、同事之子名季鏘者，作《沈劍知的晚年》一文，其中說到劍知後來住在虹口四川北路永安里，這應該没錯。記得父親當年因爲劍知住在虹口，從海格路寓所去，路比較遠，所以不常去看他。但是季文中又說「沈劍老從未畫彩色」，那就不確了，光是劍知在我兄姐的紀念册中所留下的，就有三幅是設色的。此幅山水，右上側留下一角天空，畫面正中，石陂間青松聳立，左側懸崖底部，冒出幾株樹木，姿態各異，崖後淡淡的斜陽紅光中，數十隻飛鳥，爲畫面平添了幾分生趣。陳巨來在《安持人物瑣憶》中說劍知「能詩善畫」，但隨後又說：「沈詩如何，余門外漢，不知也，畫平平而已。」巨來對劍知畫作的評語，我借用東坡的詩句，「此論未公吾不憑」。以我所見過的劍知畫作，可以說是無一俗筆，最爲難得。

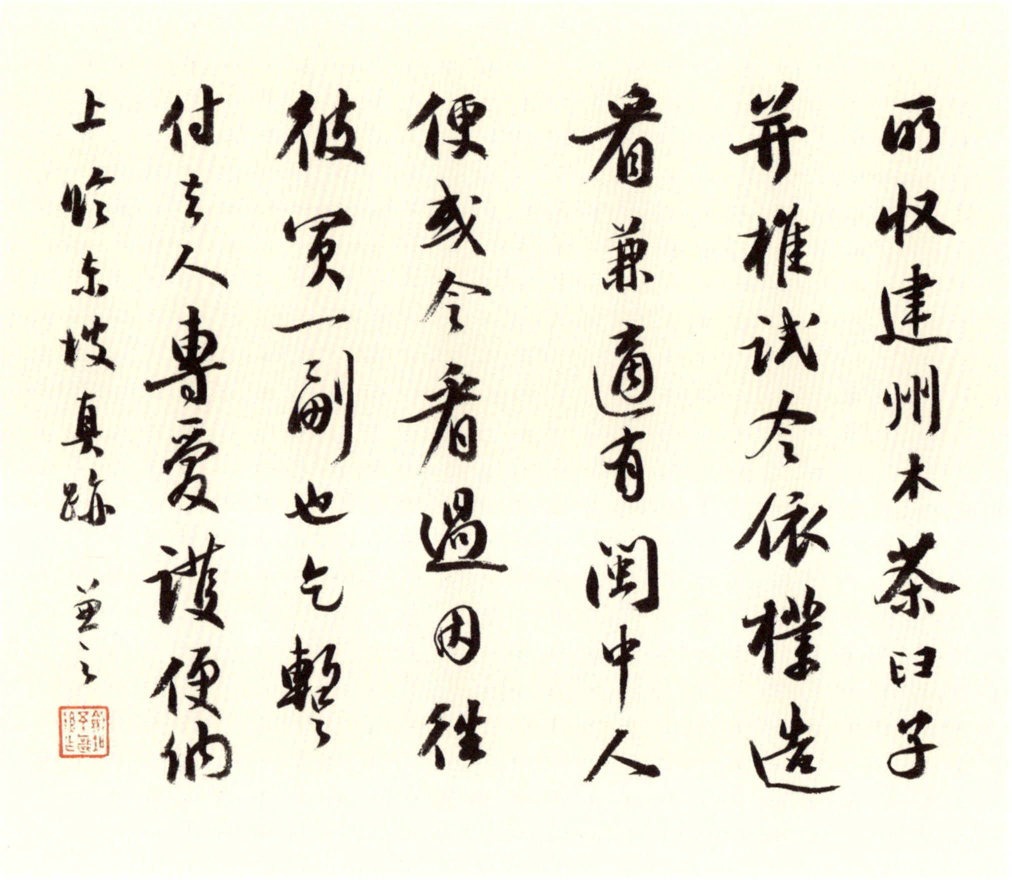
所收建州木茶臼子
并椎试令依样造
看兼适有闽中人
便或令看过因往
彼买一副也乞暂
付去人专爱护便纳
上临东坡真迹

22×17cm

十一　「董鬼入腕」：三記沈覲安

沈劍知一生，與民國時代的海軍，頗有淵源。他的曾祖父沈葆楨，在前清曾任船政總理大臣，一手創辦了福建馬尾船政學堂。劍知的父親沈觳清，亦曾任福建船政局的文案。進入民國之後，馬尾的那所學堂，繼續成爲培養海軍、海事人才的搖籃。劍知於少年時代，就進了那家學堂，在掌輪班學習，民國十年（一九二一），在他十九歲時，成爲該班第十三届的廿四名畢業生之一。茲後，他曾經擔任民國海軍部長陳紹寬的秘書，在上世紀五十年代初期，劍知也是通過曾任民國海軍將領的薩鎮冰的介紹，進入上海博物館任職。劍知的祖上，與同爲福建同鄉的士大夫、文人淵源深厚。沈葆楨的原配林普晴（蕙芳），是林則徐的六妹；繼配陳仲容，則爲陳衍（石遺）的六姐。外祖父的摯友、葆楨四子瑜慶的長女沈鵲，嫁給戊戌六君子之一的林旭。葆楨之女、瑜慶的姐姐，嫁給李端，爲李宣龔（拔可）的祖母，所以劍知與拔可也是以中表弟兄相稱。上次也説過，劍知的父親觳清的原配鄭氏，是我母親的堂姐，所以他爲我的大哥、大姐的紀念册中所作書畫，稱我的大哥、大姐爲表弟、表妹。

這裏再附上一幅劍知爲大姐留下的書法，題爲「臨東坡真跡」，其中語句有「閩中人」云云，與沈、鄭兩家的家鄉吻合。細玩之下，較之東坡，多了幾分遒勁、峭拔的氣勢。沈氏祖上，收藏董其昌（香光）書畫不少，劍知生平，所見香光書畫甚多，曾藏有《寶董室圖卷》，《李宣龔詩文集》中《碩果亭詩續》卷一有七言古體「爲劍知題寶董室圖卷」一首，可資參證。外祖父當年觀摩姚鼐（姬傳）的書法真迹，曾留下「董鬼終入腕」的詩句，筆者以爲亦可移來作爲對劍知書法的評價。

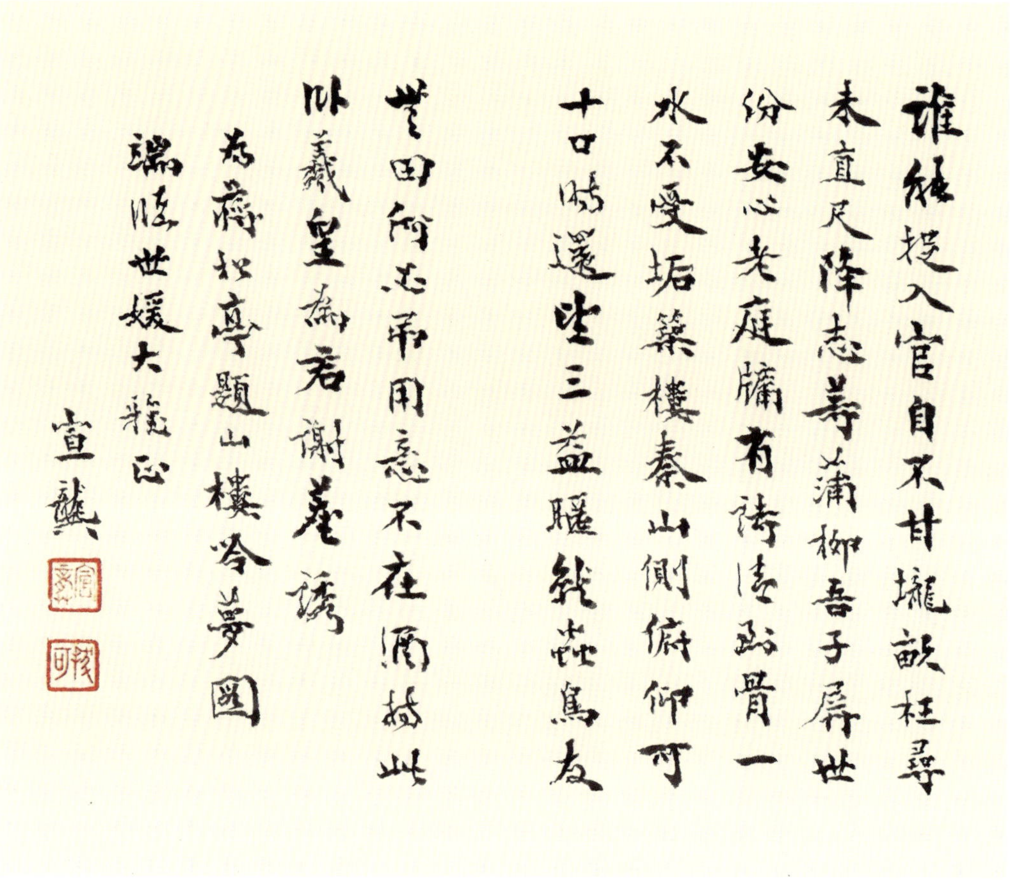
誰能捷入官自不甘壟畝杜尋
未直尺降志善蕭柳吾子屏世
紛安心老庭牖有詩傳鈔骨一
水不受垢築樓秦山側俯仰可
十口時還坐三益膩毿鳥友
芸田何必常用意不在酒杯此
卧義皇為君謝羞譏
為蘅松亭題山樓吟夢圖
瑞服世媛大雅正
宣龔

22×17cm

十二　「平生至性殷肝腸」：記李宣龔

李拔可（名宣龔，一八七六—一九五二）先生，福建閩縣人，本是外祖父的契友。外祖父長拔可十六歲，先是與拔可之父次玉相交，後來又結識拔可，早在光緒廿一年（一八九五）二月，當時拔可尚未及冠。其後拔可常與他的好友、戊戌六君子之一的林暾谷（名旭）同來拜訪。暾谷是外祖父好友沈愛蒼（名瑜慶）的東床快婿，算是晚輩。光緒廿四年外祖父與暾谷都入京晉見光緒帝，外祖父在日記中曾認爲暾谷「年幼無知」，但在他遇難之後五天，外祖父就「步去清慈寺哭暾谷、叔嶠（楊鋭）而返」，幾天之後又「作哀林暾谷三詩」（未收入詩集，失傳）。拔可更是不顧個人安危，出頭爲暾谷收葬尸骨。玆後數十年間，拔可成爲外祖父一生不渝的至交。

父親與母親完婚後，結識了長他廿八歲的拔可，自上世紀三十年代以後，開始與拔可以詩酬應，相知漸深。父親詩集中，與拔可唱和酬答者最多，其中我特別喜歡父親作於乙酉年（一九四五）的一首一韻到底的七古《贈拔可》：

螺江奔注三山蒼，淑靈盤薄生文章。勤修三世禮空王，
一念墮此翰墨場。天遣吟哦起且僵，風帆才挂遽回航。
桃源愛公踰桐鄉，大吏推挽空周張。松柏拱把已剸剛，
淺識但驚千尋長。俗緣未盡一廛藏，却脚人海幾興亡。
儷花門葉矜縑緗，排奡硬語獨高亢。句法豈徒摩陳黃，
平生至性殷肝腸。劖刻山川戛琳琅，更與二謝高頡頏。
讓出一頭聞歐陽，今看東坡鬢亦霜。猶龍老子未渠央，
一笑何應疲津梁。

此詩效法昌黎，詩中標舉拔可真摯仗義的個性，點明其詩作出入後山、山谷，寫景直追大、小二謝的淵源。當年拔可對父親的詩相當推許，所以近結尾處，父親戲用了歐陽修《與梅聖俞書》的典故：「讀軾書，不覺汗出。快哉快哉！老夫當避路，放他出一頭地也。」華東師範大學出版社已經出版了黃曙輝點校的《李宣龔詩文集》，爲近代詩史補一空白。拔可爲我大姐所書五言古詩，作於癸未年（一九四三），收入《碩果亭詩續》卷二（第二百三十四頁）。

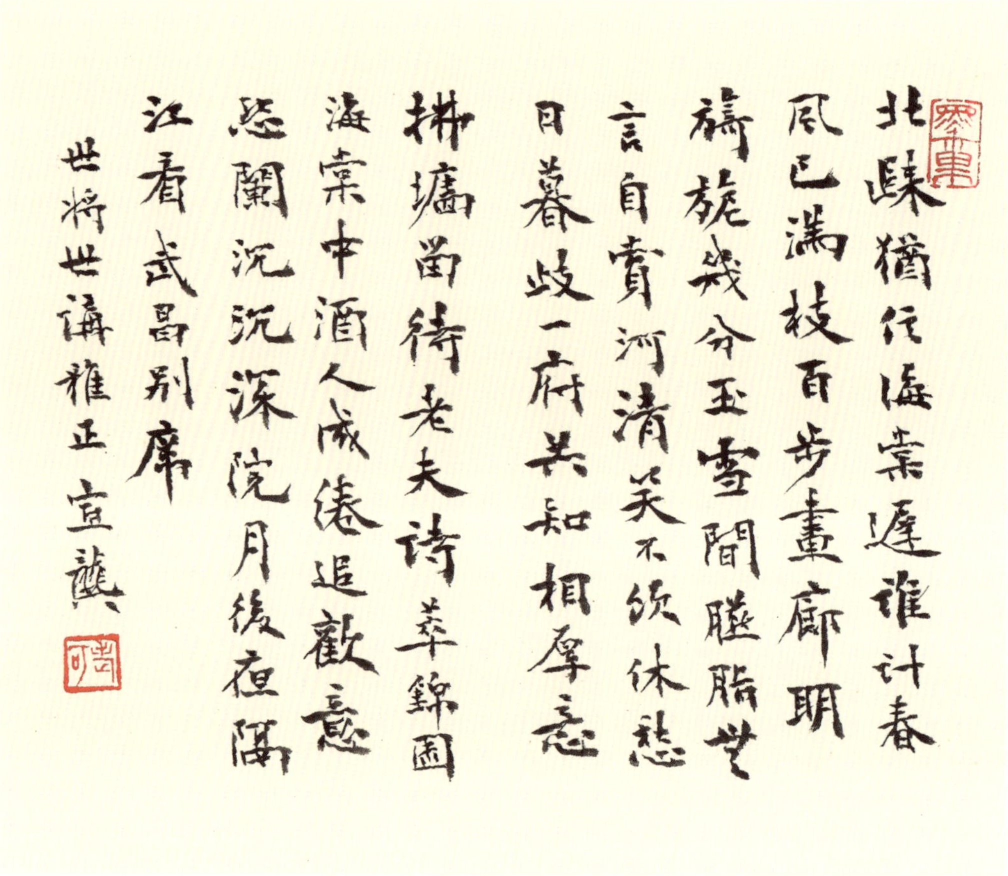
北跦猶伝海棠遲誰計春
風已滿枝百步畫廊明
旖旎幾分玉雪間臙脂世
言自賣河清笑不須休愁
日暮歧一府共知相厚意
拂墻留待老夫詩萃錦園
海棠中酒人成倦追歡意
態闌沉沉深院月後夜隔
江看武昌別席
世將世講雅正 宣龔

14.6×11cm

十三　一生相契：再記李宣龔

……

《李宣龔詩文集》卷末的碩果亭《重九酬唱集》和《看花酬唱集》，收録了己卯（一九三九）、戊子（一九四八）、庚寅（一九五零）諸年拔可邀集衆多詩友相互酬答的詩篇，從中可以想見當年滬上文人雅士在拔可府上歡聚的盛況，也可以看出，在上世紀四十年代，拔可已經成爲上海詩壇衆望所歸的領袖人物。一九五二年十月廿一日，拔可因心臟病發不治。根據陳病樹（名祖壬）的《墨巢先生墓志銘》，噩耗傳來，「會而哭者數百人。晚近詩人，未之有也」。拔可遽逝，父親痛失一位向來視爲兄友的知交，他寫了兩首五古《哭拔可》，其中提到在拔可逝世前十天，父親早上還曾去他府上看望：

……

旬前走相問，瞢騰值朝睡。躑躅周小園，花木半枯悴。
孰知身尚在，景物凄可畏。登樓視顔色，神完氣固沛。
嘆賞目短什，未減平生鋭。危革狃屢聞，妄意覬可再。
宿諾不容踐，掉頭君竟逝。豈知頃刻語，已了一生契。

詩中所述拔可逝世前家中荒凉的光景，與當年碩果亭之酬唱，兩相對照，昔盛今衰，令人感慨。拔可稱呼我大哥，用的是較「世兄」一詞稍爲少見的「世講」，語出宋人吕本中《官箴》：「同僚之契，交承之分，有兄弟之義，至其子孫，亦世講之。」這裏的兩首詩，根據《李宣龔詩文集》，見於拔可最早結集、曾有一九四零年鉛印本的兩卷《碩果亭詩》，但題目均不相同。前面的七律，在《碩果亭詩》卷下，定本題作《清明後由并州言旋，舊京萃錦堂花事將半矣》（第一百十三頁），作於甲戌年（一九三四），而在大哥紀念册上則作《萃錦園海棠》，且第三句中「明旖旎」於定本中已改作「環旖旎」。後面的五絶，見《碩果亭詩》卷上，是拔可早年得意之作（己亥年，一八九八），定本題作《後夜》（第十頁），此處則題作《武昌別席》。以此推斷，拔可爲大哥所留手澤，當在三十年代中葉至末葉，《碩果亭詩》付印之前，比起上次所介紹的爲我大姐手書五古，要早好幾年。

長沙一月煨鞭笋嬰
武洲前人未知走遂
煩公助湯餅貓頭買
瓦想穿籬去年新霽
獨憑闌山佀樊姬擁
髻鬟箇裡究然多事
在世人遥望但雲山

世將世兄屬書 譚澤闓

14.6×11cm

十四　「直輕東閣貴，不受北山移」：記譚澤闓

父親生前，本有記日記的習慣，是以毛筆小楷記於深藍色封面的綫裝紙本之中，三四十年下來，纍積了幾十本，但至「文革」初期，因虞文字構禍，全部付之一炬，回想起來實在可惜。如今父親、大哥均已仙逝，無法得知父親當年與譚瓶齋（名澤闓，字祖同，一八八九—一九四八）先生的交往淵源，只能從父親當年舊交的一些現存記録中，窺見些許雪泥鴻爪而已。讀《李宣龔詩文集》、冒孝魯《叔子詩稿》及陳誼所著《夏敬觀年譜》，我想父親應該是在三十年代末葉或四十年代初期，在上海結識瓶齋，而且很有可能就是通過拔可、劍丞等人的引薦。瓶齋係湖南茶陵人，爲前清翰林、官至兩廣總督的譚鍾麟之子，早年就讀於長沙明德學堂。乃兄組庵（譚延闓，一八八零—一九三零），清末繼乃父步武，點中翰林，曾與外祖父相識，但入民國後，他追隨孫中山，以後成爲黨國大佬。譚氏兩兄弟均以書法知名於世，而其路數完全相同，都是近法錢灃、何紹基、翁同龢，遠追顏真卿。學魯公學得不好，易流於呆板，但譚氏兄弟此種「傳移模寫」的方法，非常高明，因爲南園晚年兼法歐、褚，行書參習米襄陽；子貞晚年亦法魏碑（如《張玄墓志》等），並攻篆隸；松禪則由南園、香光上溯魯公、襄陽。由此三家入手，能兼收各家之長而得靈動之姿。

瓶齋爲大哥所留手澤，爲黄山谷（庭堅）七絶二首，其中第一首所述，是瓶齋鄉土舊事。外祖父青年時代，曾與其叔祖論詩家短長，評山谷詩云：「黄涪翁詩，功深才富，亦是絶精之作，特門面小耳。此譬如富翁十萬家私，只做三五萬生意，自然氣力有餘，此正是山谷乖處。」細玩瓶齋所録，覺得外祖父當年所説，實在精彩。瓶齋工擘窠大書，入民國後絶意仕途，遷居上海後，以詩書會友，鬻字爲業，與乃兄之熱衷仕進，成鮮明對照。瓶齋去世後，拔可先生以五律二首挽之，其一之頷聯云「直輕東閣貴，不受北山移」，下聯用孔稚圭駢文名作之典，亦暗喻其意。滬、港《文匯報》報頭，亦出自瓶齋手筆，沿用至今。

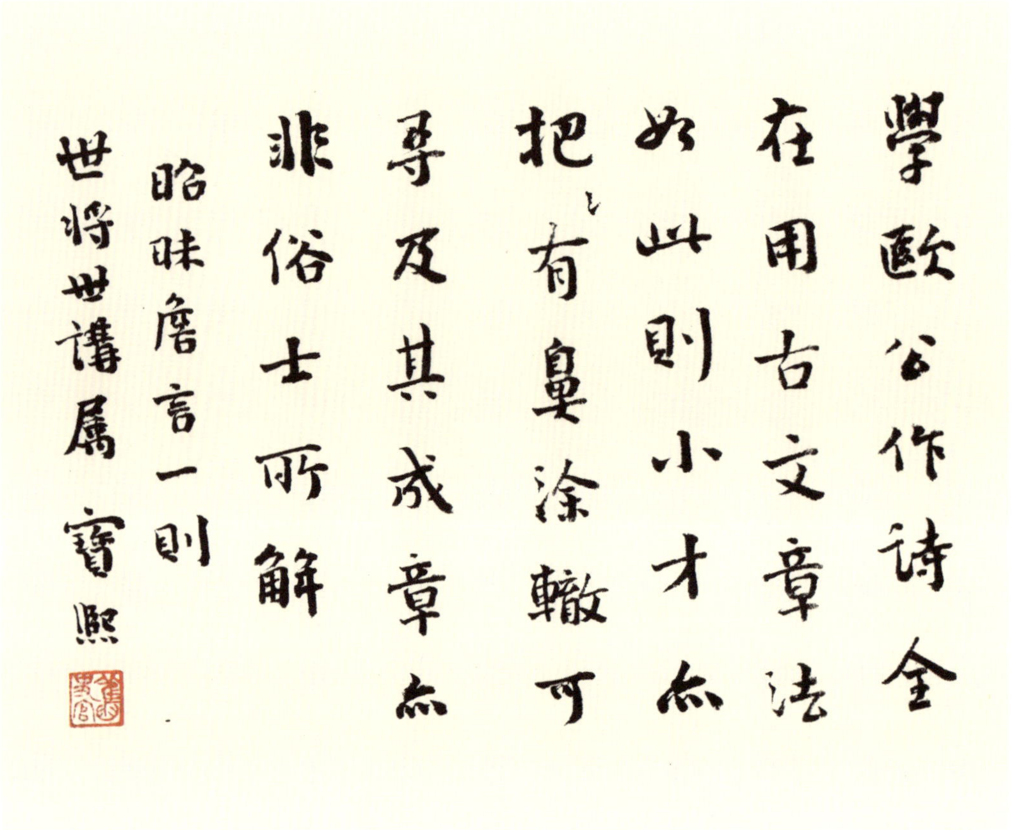
學歐公作詩全
在用古文章法
如此則小才亦
把有臯涂轍可
尋及其成章亦
非俗士所解
昭昧詹言一則
世將世講屬 寶熙

14.6×11cm

十五 「獨醒庵」主人：記寶熙

清太祖努爾哈赤有兩位勇冠三軍的弟弟，與他一同開疆拓土，立下汗馬功勞。異母的二弟穆爾哈齊，對大哥始終忠心不二；同胞的三弟舒爾哈齊，後來却與大哥兄弟反目，死於囹圄之中。然而努爾哈赤對三弟之子濟爾哈朗却視同己出，日後讓這位侄兒位高權重。寶瑞臣（名熙，號沉盦，一八七一——一九四二）即穆爾哈齊十世玄孫。他取「衆人皆醉」語意以「獨醒庵」爲齋名，係光緒十八年（一八九二）壬辰科殿試二甲進士。那一年與他一同金榜題名者之中，可謂人才濟濟。其中兩位，蔡元培和唐文治，日後分別成爲北京大學和郵傳部上海高等實業學堂（任內改稱南洋大學堂，交通大學前身）的校長，其餘如出版家張元濟、收藏家葉德輝等，均非等閑之輩。

外祖父早年在曾任兩江總督的端午橋（名方）座中結識瑞臣，上世紀二十年代中葉去天津之後，與弢庵（陳寶琛）、瑞臣來往最爲密切。日記中曾説起，弢庵賀瑞臣六十壽詩，內有一聯云「竹所清風齊子固，伯堅生日協神宗」，因瑞臣與光緒帝爲同一天生日，弢庵「自喜典切，而苦於『協』字未安」，讓外祖父幫他修改。外祖父「夜起，思得『誕』字，似無以易」。作詩推敲字句之難，可見一斑。瑞臣工詩善書，在皇室貴胄中屬佼佼者。所書方東樹《昭昧詹言》語，見第十二卷。「有把鼻涂轍可尋」一句，瑞臣落筆時漏寫「有」字，但立刻發現，補而置諸「把」字之後，並予以標明。「把鼻」爲明清人口語，意爲憑據、緣由。明人沈孚中所著傳奇《綰春園》語云「我與你縱是後會有期，將什麼做個把鼻」，即此義。

外祖父平生關係較爲密切的另一位滿清宗室，則是他於光緒八年（一八八二）鄉試考中解元那一屆的座師寶竹坡（名廷）。竹坡爲舒爾哈齊之子濟爾哈朗之八世孫。上海古籍出版社《中國近代文學叢書》收入兩卷本的竹坡《偶齋詩草》，由聶世美校點，在該套叢書中，是標點整理功力頗深的一部。

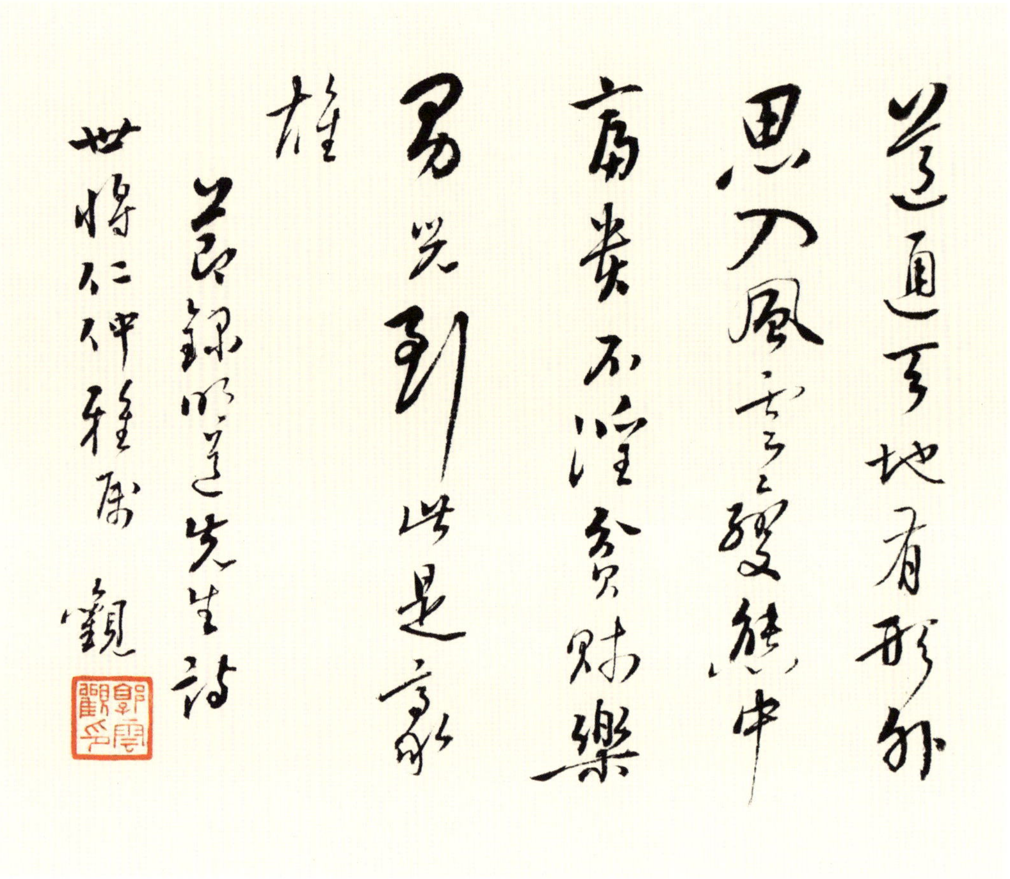
道通天地有形外
思入風雲變態中
富貴不淫貧賤樂
男兒到此是豪雄
錄明道先生詩

14.6×11cm

十六　「一代豪雄」：記郭雲觀

大哥的紀念冊中，有一位留下墨寶的前輩，並非父親的舊交，而是大哥自己的師長。郭雲觀（一八八九—一九六一）先生，浙江玉環人，回族。他在光緒卅一年（一九零五）考中過清朝末科的秀才，入民國後繼續深造，自天津北洋大學法律系畢業後，應第一屆外交官考試，録取後被派赴國民政府駐美大使館，並由外交部資送美國哥倫比亞大學研究院修國際法學及外交學。一九一九年春，雲觀隨陸徵祥、王正廷二位專使出席巴黎和會，擔任秘書，事後撰寫《巴黎和會紀聞》，爲歷史存照。一九二六年以後，雲觀歷任燕京大學教授、法律系主任兼副校長，兼任清華大學法學教授。一九三二年冬，雲觀奉命就任上海第一特區法院院長，並兼任復旦大學、東吴大學等校教授，以及光華大學法律系主任。八年抗戰勝利後，雲觀於一九四六年出任上海高等法院院長。前此一年，大哥自聖約翰大學英文系畢業之後，就任上海高等法院英文翻譯，因公務協助遠東國際軍事法庭審判日本戰犯，而結識了這位前輩上司。

除此之外，大哥與雲觀先生一家，還有另一層關係。雲觀的千金、燕大才女郭心暉，後來和參與創辦光華大學、並就任第一任校長的張壽鏞先生的公子張芝聯締結秦晉之好。芝聯早年曾跟我祖父學過古文，後來在光華大學攻讀期間，師從吕思勉先生，而吕先生也是我叔父百豐的老師。上世紀四十年代末期，芝聯跟叔父、大哥同在光華任教，又建立了深厚的同袍之誼。後來芝聯、心暉同去北大執教，但每次來上海，總要跟叔父、大哥重聚叙舊。雲觀先生爲大哥所寫的，是宋儒程明道（名顥）的一首七律《偶成》的下半段。全詩如下：

閑來無事不從容，睡覺東窗日已紅；
萬物静觀皆自得，四時佳興與人同。
道通天地有形外，思入風雲變態中；
富貴不淫貧賤樂，男兒到此是豪雄。

凡熟悉雲觀先生生平，尤其彼晚年坎坷經歷者，當知此四句詩，實可爲其一生及人品之最佳寫照。

人生太閑則別念竊生
太忙則真性不現故士
君子不可不抱虛生之
憂亦不可不知
有生之樂

方朔兄雅屬
周煦良

9 × 13cm

十七 「美」：記周煦良

大哥另有一本機製光紙的紀念册，在其中留下書畫者，多爲平輩親友。周煦良先生（一九零五—一九八四）之父梅泉（名達），民國時期有「郵票大王」之稱，是外祖父詩酒相酬的友人。煦良爲梅泉次子，與葉家也算是通家世交，但他與父親不熟，主要是大哥的朋友。煦良早年畢業於光華大學化學系，後來到蘇格蘭愛丁堡大學攻讀，獲得文學碩士學位，上世紀四十年代他回光華大學執教，任英文系主任。大哥從聖約翰大學英文系畢業後，先在光華兼課，一九四六年起，大哥到光華，在煦良與徐燕謀二位先生麾下，全職任教，與他們成爲一生契友。五十年代初，大哥開始從事全職文學翻譯，煦良則在作家協會上海分會、上海市文聯、外文學會等處擔任要職。當時煦良的寓所，在華山路江蘇路口，與我家甚近，經常往來。那時翻譯界論爭，往往「一個好漢三個幫」，有一次煦良就曾撰文刊發，推崇大哥以「江士曄」爲筆名與劉芃如合譯的《外交家》，批評他人的另一個譯本。

「文革」初期某日，煦良得到風聲，當晚紅衛兵可能「光顧」，遂來當時還算太平的我家避難。當晚我前去周府，隔着竹籬打探，果見有人明火執仗，在彼肆虐，煦良只好在我家過了一夜。次日我再去打探，見紅衛兵已散去，回報後，煦良才由其公子接回。父親、大哥和我一起送出大門之外，煦良對父親長揖作別說：「老先生一門忠義。」父親掩門後笑語，說那有些像是京戲臺詞。

煦良祖籍安徽建德（今東至），與我們老葉家算是大同鄉，但他從小隨乃父在揚州小盤谷長大，說一口揚州官話。他的口頭禪是「美」，因此大哥在背後有時戲以「美」爲其昵稱。小姐姐葉逢在進復旦外文系攻讀前後，曾遵大哥之囑，隨煦良研讀他所鍾愛的英國詩人霍思曼。對於霍氏的許多詩篇，煦良也常說：「美，實在是美！」煦良在大哥紀念册中留下題詞，用的是大哥的小名「方朔」。在上面貼上一張小照，是當時紀念册中頗爲流行的習俗。

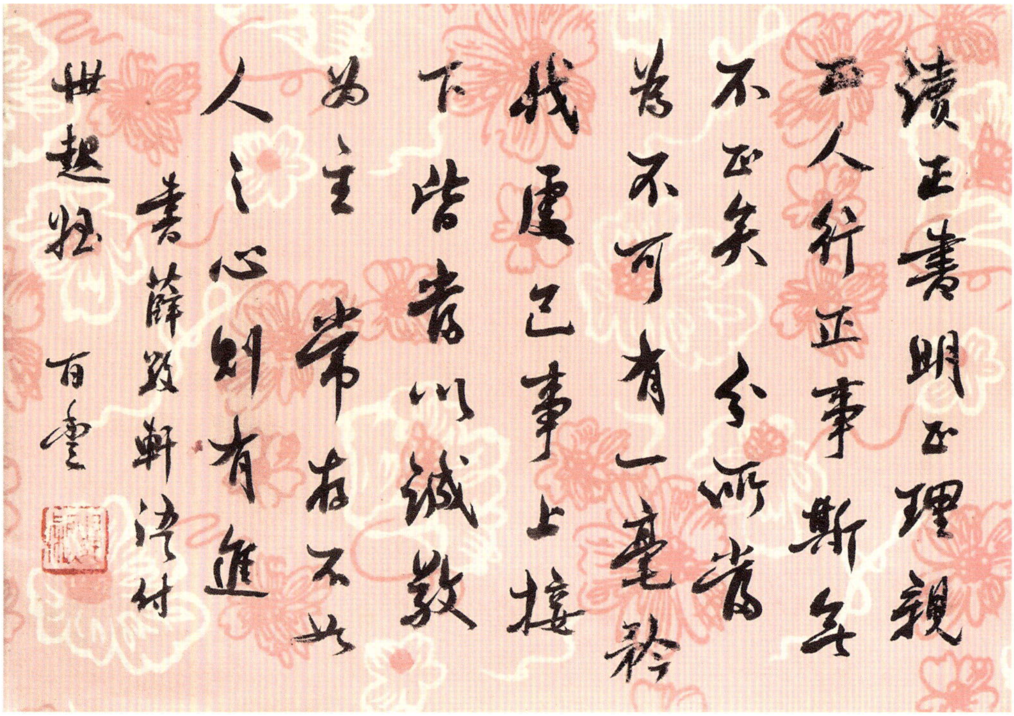
讀正書明正理親
正人行正事斯無
不正矣今所當
為不可有一毫矜
我處己事上接
下皆當以誠敬
為主常存不忘
人之心則有進
書薛敬軒語付
世超姪 百雲

15×10.3cm

十八　輯成《書説》：記叔父葉百豐

叔父葉百豐（一九一三—一九八六），字穎根，少於父親九歲。民國初年，父親和幾位伯父同入麗澤文社，隨唐元素（名晏，瓜爾佳氏旗人，本名震鈞，字在廷）先生習文課、練書法，叔父當時年紀太小，沒有趕上。茲後他曾在光華大學聽課，師事當時在國文系任教的呂思勉先生，抗戰勝利之後，又與重返光華的呂先生成爲同事。自上世紀五十年代起，他長期在華東師範大學中文系執教，直至病逝。五十年代末至六十年代初，叔父曾擔任上海市中學語文教學的輔導，在中學語文教育界頗有聲名。不過當年聽過他講課的中學語文老師，現在大多也早已退休了吧。

外祖父日記記載，一九三六年一月廿九日，「葱奇與其弟穎根來……穎根學古文，喜臨米書。」那一年，叔父二十三歲。到了四十年代，他按照桐城姚永樸先生《文學研究法》的體例，編有《書説》一册，其中分爲研墨、染翰、用墨、執筆、腕法、身法、筆法、結字、章法、氣韻、臨摹、器用共十二章，分別輯引前人有關論述。一九八零年，《書説》重新發表於《書法研究》第三輯（第八十至九十六頁），叔父於前一年冬天爲《書説》寫了一段跋語：「少時讀震在廷姻丈《國朝書人輯略》，於清季書史及書人，始稍有所知，乃有意於學書。其後請益於太夷姻丈，得觀其執筆揮運，始稍知習字之方。年既三十，乃綴輯前人書論成此篇。今又三十餘年，年六十有六矣，而學書終無所成。存者惟此篇耳，存之而不忍棄之者，豈亦不自知其敝惡，雖敝帚仍珍視之者歟。」唐元素先生之女嫁給我二伯曉徵，成爲我的二伯母，所以叔父稱唐先生爲「姻丈」。

筆者進中學後，受了父親和叔父的影響，酷愛米襄陽的行書。從那時起，一直到出國求學前，十餘年間，經常騎自行車去師大二村拜訪叔父，聽他談論學書之道，也是從他那裏，得到他的《書説》手稿，謄寫一過，置諸案頭，覺得甚有教益。我的紀念册用機製印花光紙，不易揮毫，叔父手書，在上世紀六十年代初期。

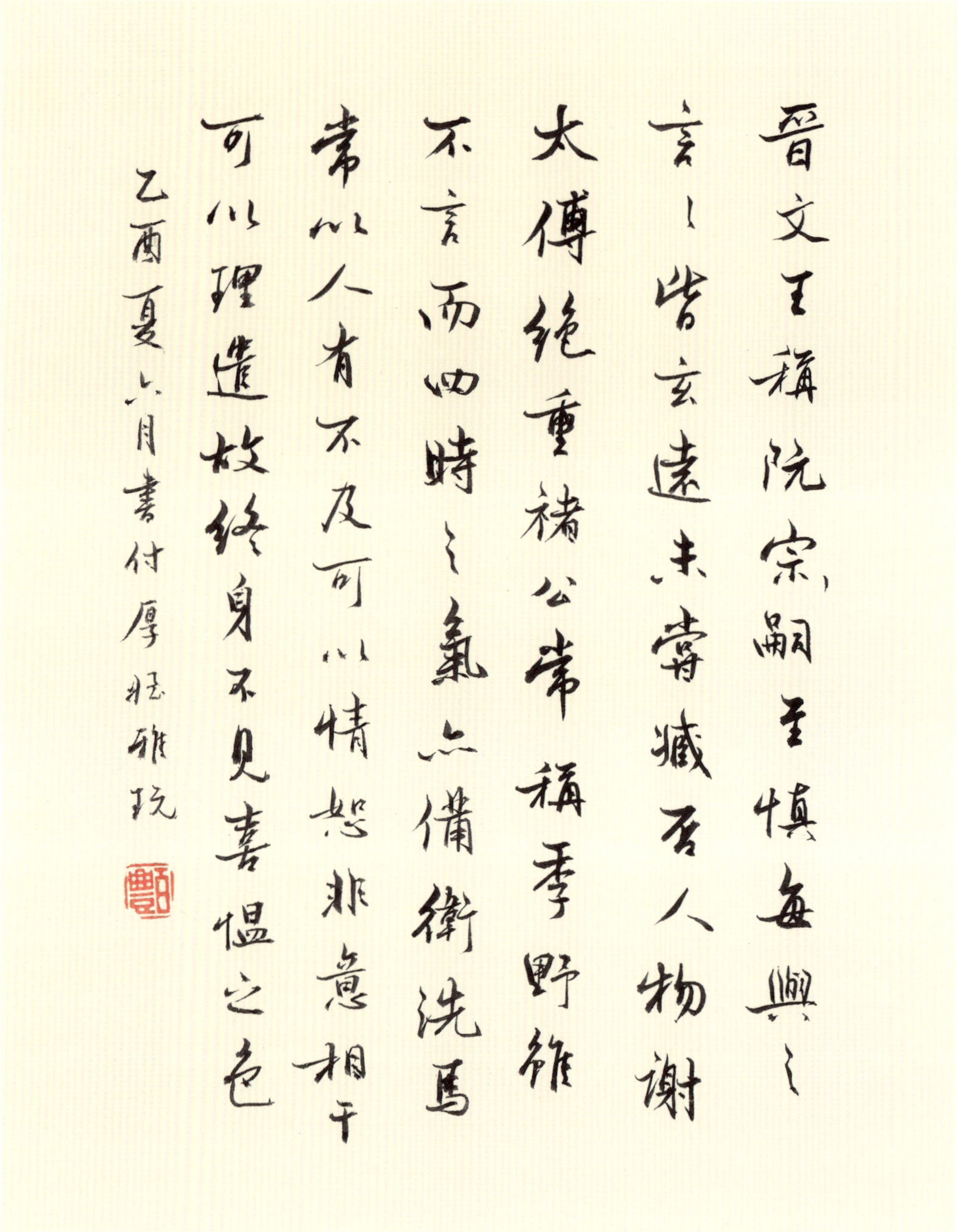
晉文王稱阮嗣宗至慎每與之
言言皆玄遠未嘗臧否人物謝
太傅絕重褚公常稱季野雖
不言而四時之氣亦備衛洗馬
常以人有不及可以情恕非意相干
可以理遣故終身不見喜慍之色
乙酉夏六月書付厚樞雅玩

12×17.5cm

十九　「只是遠離，不是死别」：再記叔父百豐

一九八二年十一月，離華來美前一周的星期六中午，我跟哈聽陪父親一起去延安中路洪長興吃涮羊肉。剛要開始下箸，忽然看見叔父兩手背在身後，左顧右盼，悠悠閑閑地踱進店來。我們立刻請他過來坐下，四個人正好一桌。那天邊吃邊聊，大家都高興得很。没想到這就是我最後一次見到叔父了。

父親和叔父是兄弟中年齒最幼的兩位，雖然相差九歲，却有不少共同的愛好，比方都喜歡養籠鳥啊、養個蟈蟈兒什麼的。兩人坐在一起，從學問到嗜好、興趣，無話不談。十年浩劫後，父親的《李商隱詩集疏注》完稿之前，有些光靠手頭的材料未能解答的疑難，也是由叔父陪父親去師大圖書館搜尋資料解决的。叔父與大哥又曾是光華大學、附中的同事，「文革」後大哥重返高校，在師大、復旦外文系任教，當時叔父與徐燕謀先生分别向兩邊的校長劉佛年、蘇步青説項，後來還是師大佔得先機，比復旦早一步解决了編制問題，於是大哥再度成爲叔父的同事。叔父在師大教了一輩子書，如今我的小堂弟千榮在日本東海大學執教，在叔父那一房裏，他是克紹箕裘的一位了。

一九八五年一月，父親棄養，當時叔父也病重住院，並不知道。後來千榮寫信告訴我，雖然没有人敢告訴叔父，可是他們老兄弟倆似乎有心靈感應，因爲每次去華東醫院看他，他都要再三問「五伯伯」（父親排行第五）的近况，他們過了一段時間才告訴他。那年夏天，師大古籍研究所的張家璩來美國，叔父托他帶了一封信給我，從右到左竪行，滿滿一頁，依然是瀟灑的一筆米字。信一開頭就説：「想起在洪長興吃羊肉時，好像還是很近的事。去冬十一月我去看你父親，談了很久，哪知道這竟是最後一面。十二月我就住進醫院，他去世，大家都瞞住我，直到今年三月，合肥李家瑛到醫院看我，談到你父親去世，使我大吃一驚。我總不相信是死，似乎覺得只是遠離，不是死别……」第二年春天，叔父在醫院仙逝，此前他一直在病榻上編著的《韓昌黎文彙評》，身後由臺北正中書局出版，前面有通家世交馬茂元先生所作的序言。叔父爲大姐所留手澤，在一九四五年夏天。這三則軼事中，前面關於阮籍、褚裒的兩則，出自《世説新語·德行》，第三則關於衛玠的，則源出《晉書》本傳。

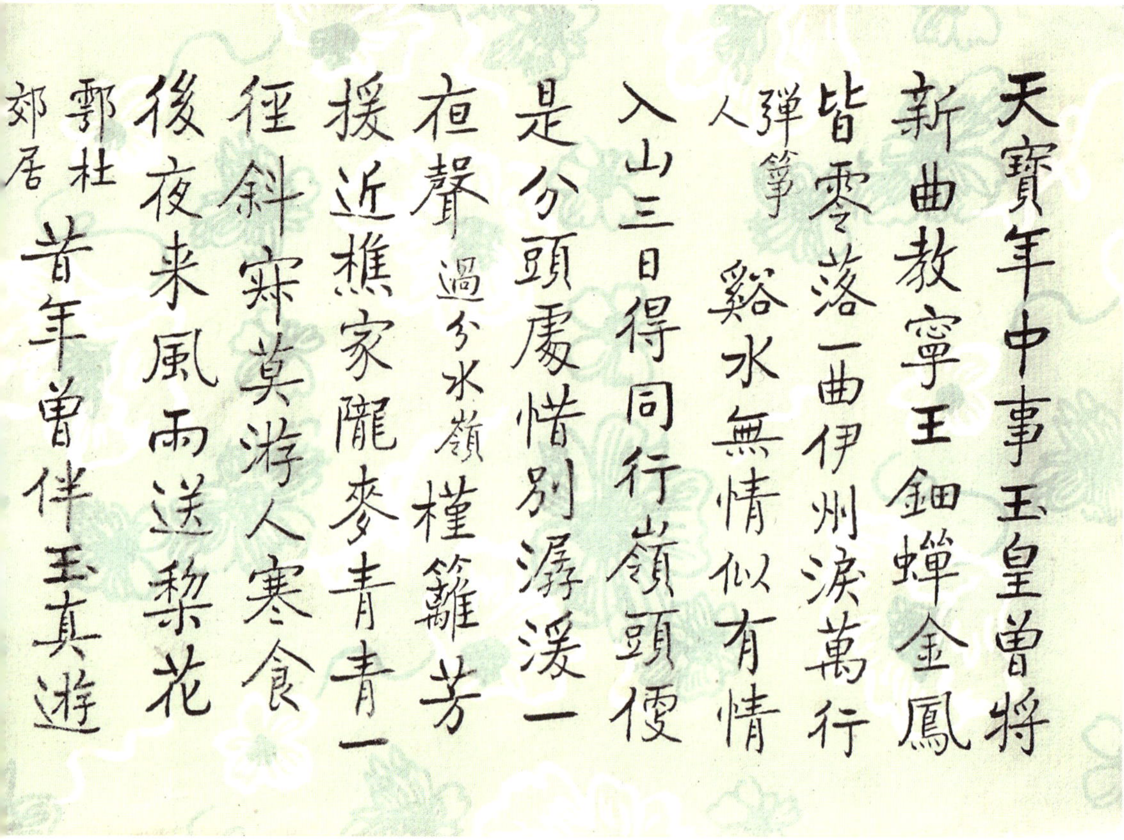
天寶年中事玉皇曾將
新曲教寧王鈿蟬金鳳
皆零落一曲伊州淚萬行
彈箏人
谿水無情似有情
入山三日得同行嶺頭便
是分頭處惜別潺湲一
夜聲 過分水嶺
槿籬芳
援近樵家隴麥青青一
徑斜寂寞遊人寒食
後夜來風雨送梨花
鄠杜郊居
昔年曾伴玉真遊

二十　「觀帖可以下酒」：記大伯葉慧曉

東坡《和子由論書》詩云：「吾雖不善書，曉書莫如我。」以書法論，東坡是宋四家之一，所以詩中當然是自謙之辭。筆者是真的不善書，但是在「曉書」這一點上，尚可自詡略知一二，除了自幼父母的庭訓之外，幾位叔伯的耳提面命間，確實得益匪淺，而其中尤以接觸較多的大伯慧曉和叔父百豐爲最。大伯葉昀（一八九五—一九七七），字慧曉，以字行。他長父親九歲，是祖父之原配、丹徒趙氏夫人所出。伯父三歲喪母，先祖續弦、先祖母嘉興錢氏夫人，對大伯視如己出，大伯與包括父親在內的異母弟妹，亦情意深篤。民國六年（一九一七），唐元素先生在上海主持麗澤文社，課徒授業，以古文爲主，請外祖父閱卷。大伯、二伯葉曉徵（名宣）、四伯葉曼多（名參）以及父親均入社，同學中還包括張愛玲的父親張志沂。除文課而外，亦習書法，大伯專攻柳體，一生不倦。

後來大伯長年在四川工作，到上世紀五十年

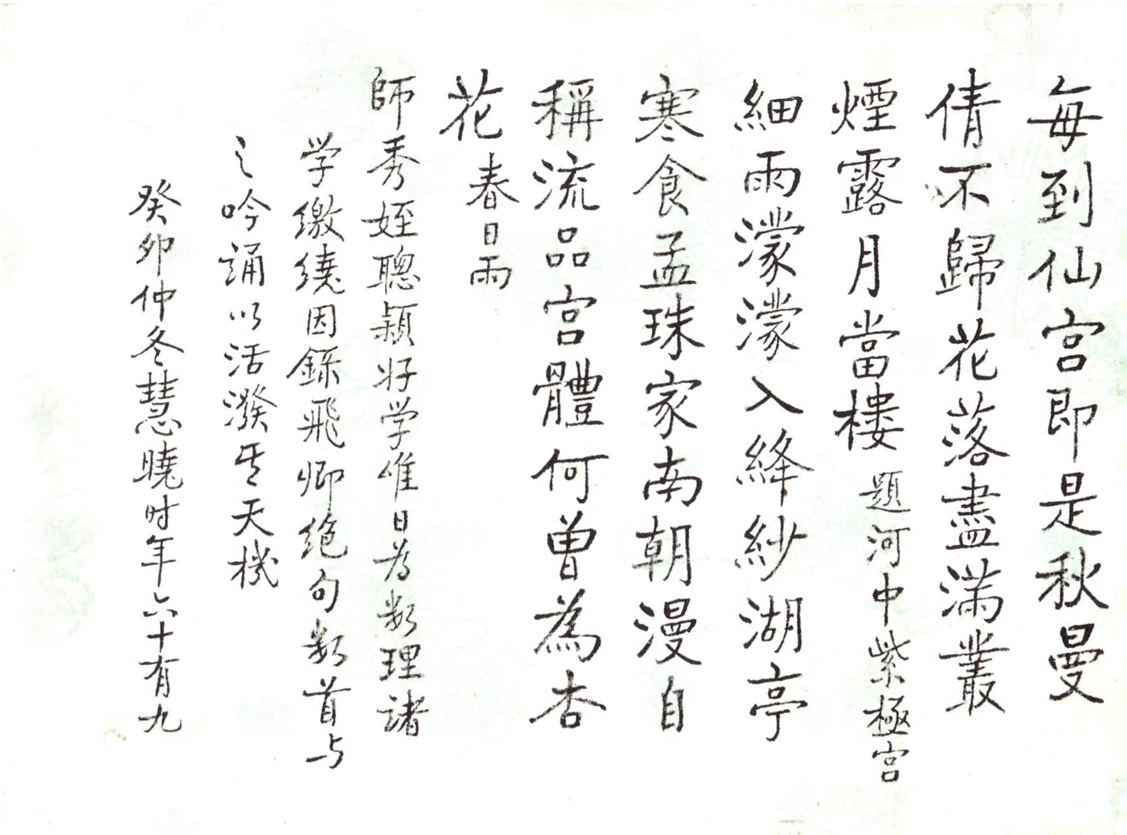
每到仙宮即是秋曼
倩不歸花落盡滿叢
煙露月當樓 題河中紫極宮
細雨濛濛入絳紗湖亭
寒食孟珠家南朝漫自
稱流品宮體何曾為杏
花 春日雨
師秀姪聰穎好学唯日為数理諸
学缴繞因錄飛卿絶句数首与
之吟诵以活潑其天機
癸卯仲冬慧曉時年六十有九

30×10.3cm

代中期才退休回到上海。筆者初習書法時，臨摹柳誠懸（公權）的《玄秘塔》，進中學前後，於學書之道頗爲熱衷，經常去拜訪大伯，向他請教。大伯常拿出他收藏的《淳化閣帖》，指出誠懸兼工行楷，亦富變化。大伯性好諧謔，有次跟筆者説：「觀帖可以下酒。」一九七六年七月，福州軍區司令員皮定均因飛機失事身亡，大伯聽了新聞報導之後悄悄説：「毛不久於人世矣。」問何以然，大伯徐云：「皮之不存，毛將焉附？」兩月後果驗。大伯在筆者的紀念册上留下小楷手澤，在筆者進五四中學之後的第二年（約在一九六三年底或一九六四年初）。當時校中流行的口號，是「學好數理化，走遍天下都不怕」，大伯的題辭，却反其道而行之，頗爲發噱。

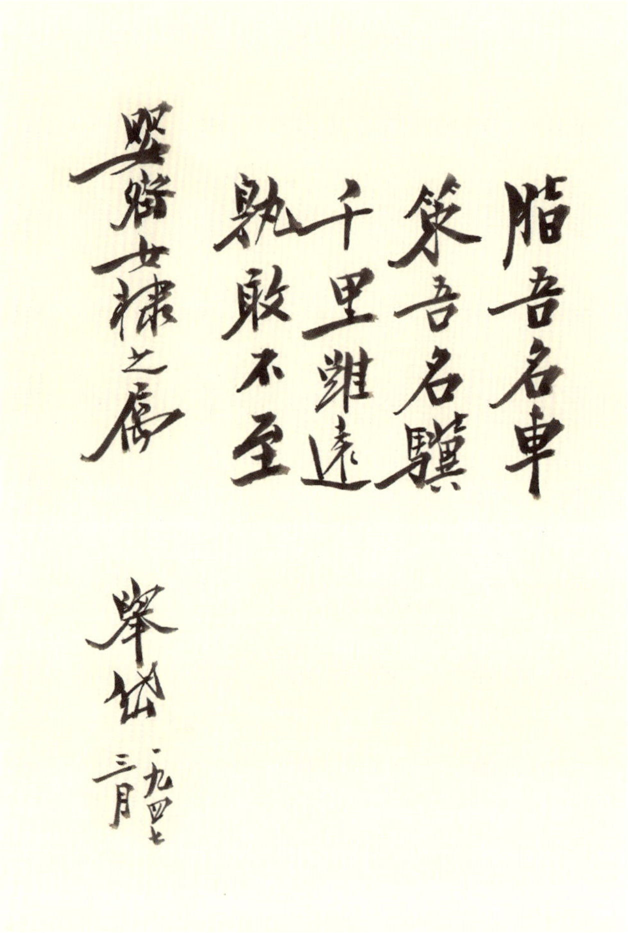

12×17.5cm

二十一　培成名師：記林舉岱

抗戰勝利後，大姐進了上海培成女中，林舉岱（一九一三—一九八零）先生是她的國文老師。舉岱是廣東海南島文昌縣人，一九三四年從北京師範大學中文系畢業之後，在兩廣各地任教多年，抗戰後到了上海，進入培成。有一次大姐寫了一篇三千四百字的讀書報告，評論李霽野譯本的英國小説《簡愛》。舉岱十分欣賞，給了一個「甲十」的成績，並在文後留下八個字的評語：「功力甚深，整齊有致。」

舉岱這裏爲大姐紀念册上所寫的，是陶淵明《榮木》詩最後一章的下半段，與原詩略有出入。此處的第一、二句中以「吾」代「我」，第三句中以「遠」代「遥」，未寫出來的前面兩句是「四十無聞，斯不足畏」。在爲大姐題詞的那一年，舉岱三十四歲，他的研究興趣已轉向史學，發表了《西洋近代史綱》，不久後他就轉入聖約翰大學歷史系任副教授。五十年代之後，舉岱長期在華東師範大學歷史系執教，成爲世界近代史和英國史的專家。

順便一提，研究古代討論智慧的文獻的俄國女學者布拉瓦茨基（Еле́на Петро́вна Блава́тская，一八三一—一八九一），於一八七五年在美國紐約創立「神智學會」（Theosophical Society）。四年之後，她遷居印度，在彼設立學會國際部。她於一八八八年發表了專著《秘密教義》，宣揚一種糅合西方神秘主義與小乘佛教的「神智學」。次年，美國女權活動家安妮·貝贊特（Annie Besant，一八四七—一九三三）爲撰寫書評，讀了《秘密教義》，大爲傾倒，與布拉瓦茨基在巴黎見面後，成爲神智學傳人，數年後亦遷居印度，成爲一代教育大家。一九二五年，有位名叫多蘿西·阿諾德（Dorothy Arnold）的女士，在上海成立了以當地俄國僑民爲主的「布拉瓦茨基分會」（Blavatsky Lodge），並且創辦了一所以貝贊特命名的女子中學。她爲貝贊特這個名字所作的漢譯，兼顧音義，用了「培成」二字，此校很快成爲上海相當成功的女中，是如今上海戲劇學院附屬高中的前身之一。然而這段校史，國内似乎始終没有弄清楚，凡從網上見到的，都有謬誤，比如將培成的創辦人説成是什麼「安娜·培成」，而用的又是從未到過中國的安妮·貝贊特的照片。

可以再放厚
一些。
曹志風州八年
写

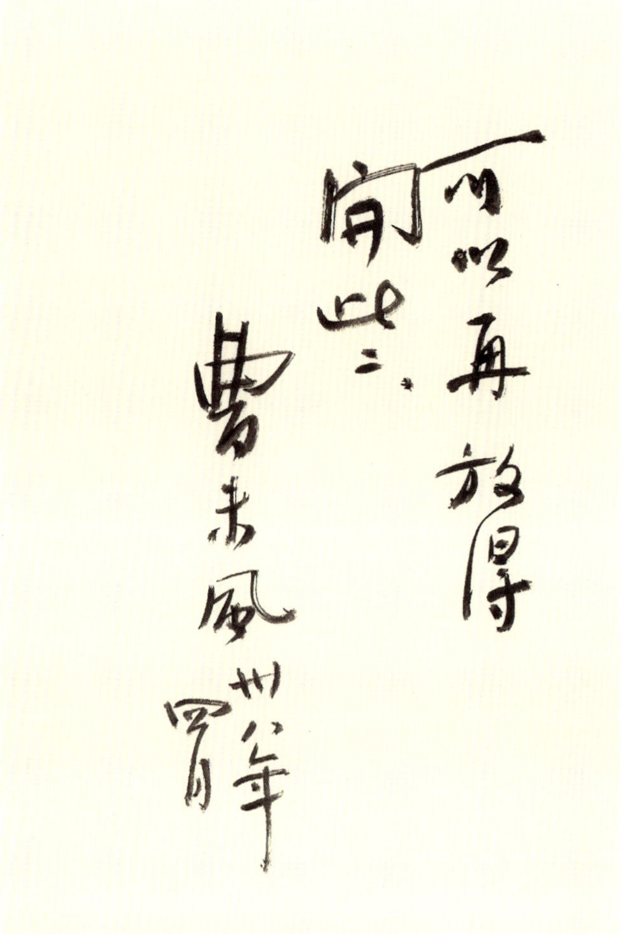

12×17.5cm

二十二　培成教務長：記曹未風

知名大家在中學任教，不太多見，上世紀二十年代，夏丏尊、豐子愷、朱光潛一時雲集浙江上虞白馬湖的春暉中學，自是教育史上一段佳話。抗戰期間，史學家呂思勉在常州城外湖塘橋青雲中學和坂上鎮大劉寺輔華中學兩處教課，亦爲一例。四十年代後期，大姐在上海培成女中讀書時，學校的教務長曹未風（一九一一—一九六三）也是一位名家。他本名崇德，祖籍浙江嘉興，早年在京、滬兩地讀書，一九二九年考入北京師範大學英文系，後又轉讀生物。未風於三十年代初即着手翻譯莎士比亞，計劃譯完全部莎劇。一九三三年自北師大畢業後，曾一度在培成任教。三十年代末他去英國留學，在英期間搜集有關莎翁的資料，並瞻仰莎氏故居。抗戰後期，他在貴陽文通書局工作，所譯的十一部莎劇，於一九四五年由該書局以《莎士比亞全集》總名出版，時間上尚在爲大衆所熟知的朱生豪譯本出版（一九四七年）之前。次年，上海文化合作公司又以《曹譯莎士比亞全集》爲總名，出版他所譯莎劇十種。五十年代初，未風於百忙之中重新校改舊譯，並繼續翻譯新作，由五十年代至六十年代初，上海新文藝出版社先後出版他譯的莎劇十二種，其中十種在七十年代末曾由上海譯文出版社再版。此外，他譯的莎氏十四行詩集亦曾付梓。

進入五十年代之後，未風走入仕途，在上海高教局、外文學會擔任要職。天不假年，他未能完成全譯莎劇的宏願，去世時才五十二歲。大姐至今留着當年報上的訃告，治喪委員會由楊西光主持，委員名單上還有學界的方重、陳望道、孟憲承、顏福慶等人。未風爲大姐題詞，在大姐高中畢業前夕。他之所以寫這樣一句話，大概覺得大姐爲人比較拘謹一些吧。未風曾在光華大學兼課，所以除了是大姐的師長之外，與我大哥也是舊交。由五十年代直至他去世之前，他與大哥凡有新譯著出版，總是相互贈送。我最早讀的莎劇中譯本，大多是他給大哥的簽名本。

17.5 ×12cm

二十三　漫畫大師：記張樂平

上世紀四十年代後期，大姐在上海培成女中念書時，也許因爲有曹未風這樣的左翼名人當教務長，所以常有上海各界的名流來校訪問，張樂平（一九一零—一九九二）先生也是其中之一。樂平是大家耳熟能詳的漫畫家，「三毛的父親」，這裏無須贅述。大姐說，當時《三毛流浪記》已經紅遍江南，知道樂平當天來校，很多學生都準備好了請他留下手澤，大姐當然也不例外。對於學生的請求，樂平都是三兩筆當場「打發」，唯獨大姐上前時，他翻了翻大姐的紀念册，就跟她說要帶回家去畫，下次帶來。不久他果然如約畫好了帶給大姐。現在想來，也許因爲他見到大姐的這本紀念册上，已經有祖父的山水、外叔祖（鄭孝檉）和叔父百豐的書法、父親的墨竹，以及許多表親的書畫，覺得比較好奇的緣故吧。此處畫的三毛，身着背心短褲，俯首細看兩隻小蟲爭鬥，雖然只是寥寥數筆，却生意盎然，確是一代高手。

六十年代中期，我剛認識後來成爲我老泰山的哈弼定船長一家時，他們住在徐匯區五原路二百八十五號一樓。這條路非常清静，每至夏日，夾道的梧桐樹下，遍地綠蔭。當年俞振飛、言慧珠夫婦就住在靠東一側二百五十八號的公寓裏。後來他們又搬到華山路一零零六弄（「華園」）十一號，「文革」之初，言慧珠就在那裏結束了自己的生命。而當時哈家馬路斜對門的二百八十八弄三號，就是樂平的寓所。近年來從報道中知道，樂平和夫人馮雛音夫婦，爲人熱心仗義，他們自己有七個子女，但是演員上官雲珠自裁之後，他們挺身而出，照顧她的兩個孩子，視如己出，這使得我對這位漫畫大師和他的夫人，更增添了幾分敬意。

小時候喜歡看的漫畫，除了「三毛」之外，還有堂姐葉照所收藏的葉淺予的長篇漫畫系列《王先生》。近年回國時，常在書肆尋覓，看看有沒有重印本。可惜現在記得這部傑作的人，好像不多了。

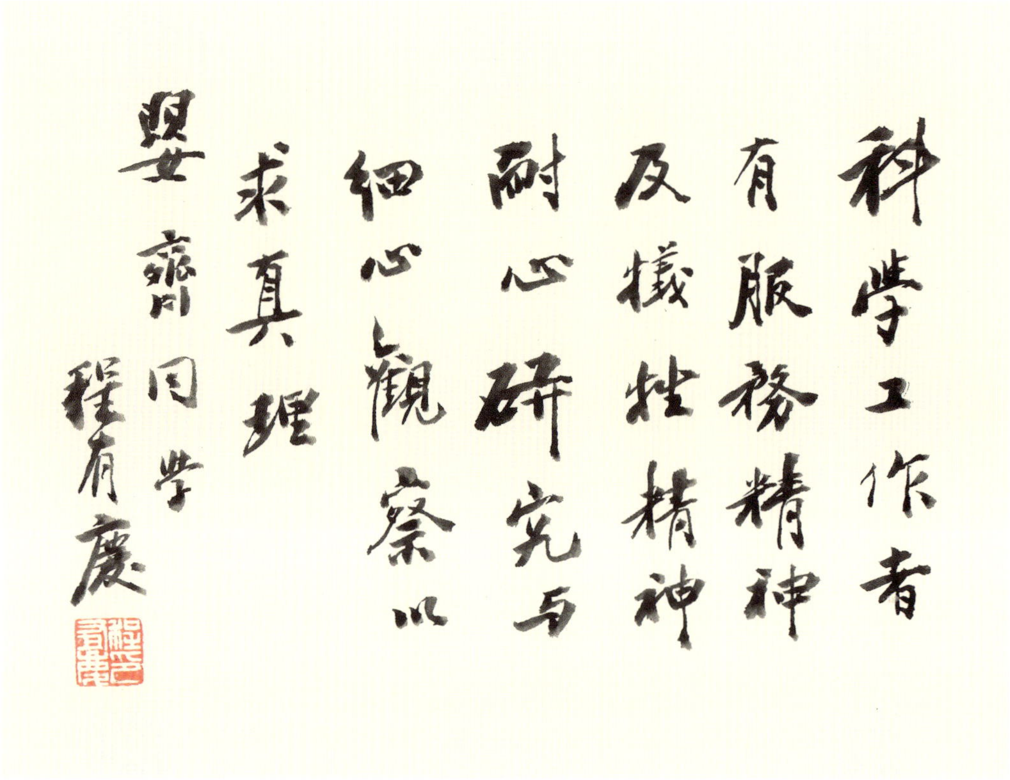

17.5×12cm

二十四　百步街深宅：記程有慶

大姐從培成女中畢業後，入聖約翰大學化學系攻讀，日後成爲國内工業水處理方面的專家。她在約大的老師程有慶（一九零一—一九九七），是一代化學教育家。建國後上海許多知名的高級工程師，除大姐夫、前華東電力設計院的沈家銓以及大姐之外，如離子交換樹脂專家朱森茂、日前仙逝的香料專家丁德生等人，都出自程先生門下。程先生出生於江蘇常熟一個中醫家庭，早年考入蘇州桃塢中學，一九二二年被保送入約大化學系爲工讀生，並擔任教輔，一九二八年畢業後留校擔任助教，由講師一路升至教授，並擔任系主任。在此期間，曾先後去燕京大學和美國威斯康星大學進修，獲得兩個碩士學位。一九五二年夏天大姐畢業之後，在所謂「院系調整」中，全國的教會學校統統「被解體」，當時約大的教師，大多調入華東師大或復旦，而程先生由於種種原因，被分配到蘇州的江蘇師範學院。不過程先生倒也得其所哉，因爲他本是在蘇州念的中學，而江蘇師院的校址和主要的前身，正是另一所有名的教會學校——東吴大學。兹後他一直在彼任教，江蘇師院於上世紀八十年代初改稱蘇州大學。一九八三年，蘇大爲程先生執教六十年舉行了紀念活動，他還出任了江蘇省化學學會的理事長。

我入復旦外文系讀本科之前，在蘇州平門鐵路中學工作了不到兩年，曾遵大姐之囑去看望程先生。當年的日記本上，有一條簡短的記載：「一九七七年四月十五日，訪葑門百步街十二號程宅。」百步街上好多幢住宅，本是東吴中國教員的寓所。從外面看，門墻毫不起眼，入得門來，却是深宅大院，花木扶疏，曲徑通幽，讓我大開眼界，至今記憶猶新。最近知道，臺灣有人考證出百步街十二號系曾在東吴任教的蘇雪林教授舊寓，向蘇大提出要求保護故居云云。父親當年治義山詩，跟我提到過這位蘇女士將義山無題詩全部説成是與女道士「婚外戀」的記録，實在信口開河。如今知道蘇雪林的人，也許比記得程先生的多了。蘇州當地人對許多地名有獨特的發音，例如「臨頓路」讀作「倫敦路」。葑門，當地人念作「富門」。後來知道這種發音由來已久，南宋范石湖（成大）《吴郡志》對葑門就有一條記載：「今俗或訛呼富門。」石湖之前不究，如此「訛呼」也已經八百多年了。

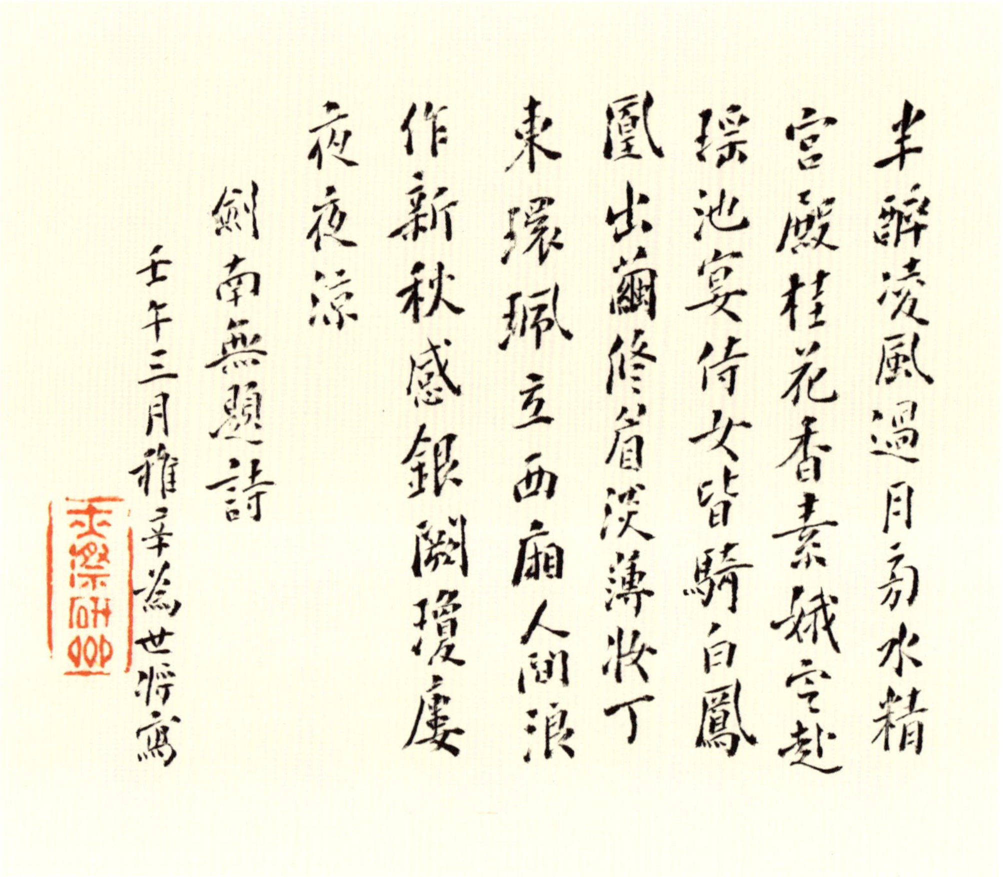
半醉凌風過月旁水精
宫殿桂花香素娥定赴
瑶池宴侍女皆騎白鳳
凰出繭修眉淡薄妝下
來環珮立西廂人間浪
作新秋感銀闕瓊樓
夜夜涼
劍南無題詩
壬午三月稚柳為世將寫

14.6×11cm

二十五 「風味陶彭澤，歌辭陸放翁」：記外叔祖鄭孝檉

外叔祖鄭孝檉（一八六二—一九四六），字稚辛，一作稚星，一八九一年中舉，在前清時代，除一度去日本神戶管理留學生事務之外，沒有擔任過什麼要職，民國初年曾出任安徽政務廳長。他與外祖父相差只有兩歲，從外祖父的日記和詩集中可以看出，二人兄友弟恭，終始一生，外祖父在六十九歲時寫的五古《十一月初一夜四鼓寄稚辛》的開頭，可爲寫照：「夷叟與辛翁，童稚同卧起。白頭真手足，無病差可喜。」外叔祖的《鄭稚辛詩集》於癸未年（一九四三）付梓時，由夏劍丞先生作序。他和許多光宣詩人互有酬唱。陳衍《石遺室詩話》說他「與蘇堪同懷，真難爲弟者，然蘇堪精悍而稚辛婉約」。石遺詩話所引用的兩首七律，據說原先題於福州西湖開化寺禪壁，一九一五年重修時，原墨迹漫滅，福建詩人王允晳（字又點，號「碧棲詞客」，一八六七—一九二九），又將二詩重新楷書鐫石，附一短跋，嵌於該寺方丈室戶左，引得游人吟誦，流連而不忍去，成爲當地一處景觀，甚至有人牽强附會，編造了一出纏綿悱惻的故事，這大概是外叔祖所始料未及的。

外叔祖晚年住在北京西城屯絹胡同，他虛歲八十時（一九四一年），李拔可（宣龔）先生和父親都寄詩祝壽。拔可的七古開頭就以東坡、子由兄弟作比：「前朝忝作坡公客，垂老始讀欒城集。」後面又說：「平生游屐喜相從，雁蕩天目同一笻。」回顧早年與高夢旦（名鳳謙）、林畏廬（名紓）、外叔祖四人同游浙江名勝的經歷。外叔祖去世後，拔可又作了一首七律，其尾聯云：「蹉跎一代東坡弟，肯比平生馬少游。」除再用蘇氏兄弟的典故之外，又用了東漢「伏波將軍」馬援及其從弟少游的故事。父親爲外叔祖賀壽寫的，則是兩首五律，其一之頸聯云：「風味陶彭澤，歌辭陸放翁。」外叔祖爲大哥、大姐留下的三頁手澤，寫的全是放翁詩，可見確是其平生所好。這頁爲大哥所留手書，署爲壬午三月，爲公曆一九四二年四、五月間。

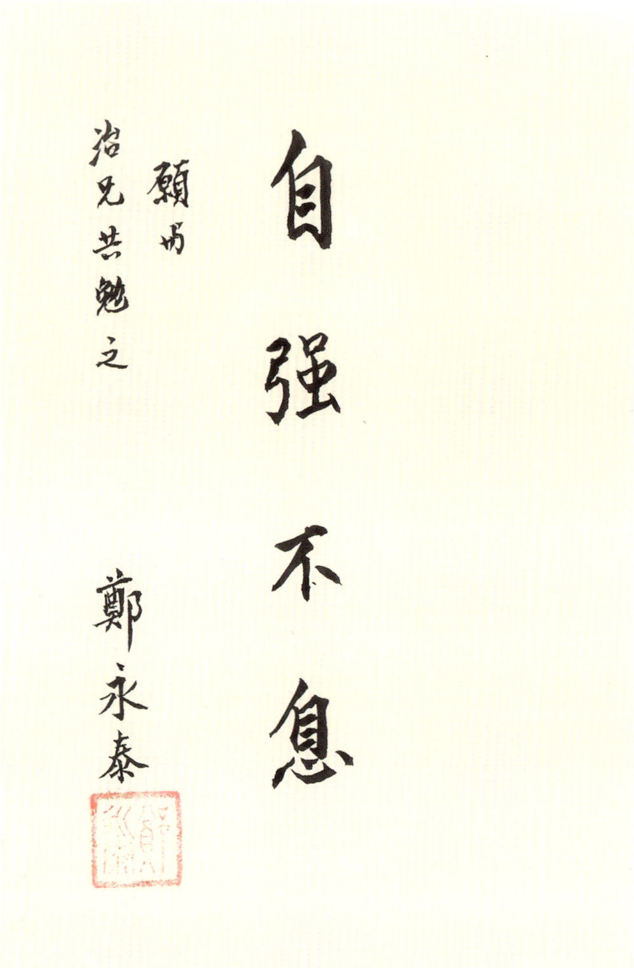

9×13cm

二十六　《九三年》的譯者：記鄭永泰

進入上世紀五十年代，大哥光靠在光華任教，已經難以擔起養活全家的重任，於是他辭去教職，以「主萬」爲筆名，投入翻譯的自由職業。當時他在翻譯界的兩位好友，名字裏都有一個「永」字，今年七月、九月先後去世。前一位王永年，是大哥在聖約翰大學的學弟，比他小三歲，是新文藝出版社的編輯，大哥與楊之宏（筆名西海）合譯美國作家德萊塞的小説《天才》，就是由他審稿，合作非常愉快。永年人極聰明，除英語外，還自修了俄語、西班牙語與意大利語，五十年代末，因爲他通西班牙語，被調到新華社工作。他公餘之暇，以「王仲年」爲筆名，翻譯了美國作家歐·亨利的短篇小説，知名於世。他的夫人是中山醫院的一位護士長，與大哥也很熟悉。他去北京後，跟大哥來往比較少了，但是他返滬時，兩人還會見面。

另一位就是鄭永泰了。他長我大哥六歲，二人的交情要回溯到四十年代中期。大哥大學畢業後的第一份工作，是擔任上海高等法院的英文翻譯，而永泰一九四二年從上海震旦大學法學院法律系畢業之後，當時亦供職於斯，他在大哥這本紀念册上留下題詞，就在兩人當年同袍的歲月裏。大哥投身翻譯初獲成功之後，勸永泰也加入翻譯行列。未幾，永泰以「鄭永慧」爲筆名（其中糅合了他夫人鄧慧群的名字）所譯巴爾扎克的《蘇城舞會》、《猫球商店》和《錢袋》三部中、短篇小説，即以《錢袋》爲集名，由韓侍桁所創辦的國際文化服務社出版。隨後他由法文本轉譯巴西作家喬治·亞馬多的長篇小説《饑餓的道路》（原題《紅色的收獲》）亦由巴金所創辦的平明出版社出版。六十年代中期，永泰應國際關係學院聘任，也去了北京。我早年讀永泰簽名贈送給大哥的《錢袋》和《饑餓的道路》，印象都很深。早在《百年孤獨》問世風行之前，永泰所譯的亞馬多小説，已經讓我們接觸到拉丁美洲作家那種粗獷奔放、有强烈視覺效果的寫作手法了。對我少年時代影響最大的作品之一，就是永泰所譯法國作家雨果的長篇小説《九三年》了。小説裏的主要人物朗德納克和郭文，他們之間精彩的對話，以及雨果那莊重沉着、氣勢磅礴的文字，通過永泰傳神的譯筆，都在中文裏重現了。

17.5×12cm

二十七　「童稚結習」：記祖父葉玉麟山水

祖父（諱玉麟，一八七六—一九五八），字浦蓀，晚號靈貺居士。我在收入《無軌列車》一書的《祖父葉玉麟散記》一文中提到，祖父的弟子、奉化人袁孟醇應父親與叔伯之請，特地爲祖父的《靈貺軒詩文鈔》結集撰寫了《桐城葉先生別傳》，其中言及廬江吳博泉見到祖父的畫作，「詫爲置之戴醇士迹中莫能辨也」，又說祖父認爲自己的畫只是「童稚時娛嬉間結習耳」，並不把它當一回事。孟醇名惠常，號雪叟，有鉛印本《雪野堂文稿》三卷行世，前有祖父作序。抗戰期間，孟醇在重慶出任「國民政府文官處編審兼國史館協修」，爲老蔣的同鄉幕僚之一；上世紀五十年代後，入上海文史館。吳博泉則爲福建巡撫兼理船政及臺灣海防大臣吳贊誠之子，外祖父的妻舅。

我所見到的祖父留下的書畫裏，要以他七十二歲那年給我母親的一柄細梢小扇最爲精彩。灑金箋的一面上寫的是對東坡詩的評論（「文淵拂暑」），小小一幅扇面上，竟寫下五十六行蠅頭行書；白紙的一面畫的是寫唐人詩意的設色山水（「浦翁畫付文淵清玩，時丁亥八月」）。這把折扇兩面的書、畫，均屬祖父「精工細作」的上乘。他爲大姐紀念冊中留下的手澤，則是四幅筆致頗爲清簡的小品，時在甲申年（一九四四）四月。這裏的「湘江暮雨」是其中之一。

祖父山水，好用「米點」，但極少以濃墨、焦墨爲之。我早年初見這種臥筆橫點的「落茄法」，覺得很怪異，以爲這只是米氏父子爲了要打破「李成、關仝俗氣」、「借物寫心」的文人墨戲罷了。一九六七年初，隆冬時分某日，與五四中學同窗王鎮遠在鎮江，細雨中游北固，登山頂凌雲亭，一望江北，烟雨迷蒙中，宛然正是一幅米點長卷，這才恍然大悟，原來這是師法造化的寫生畫法，再寫實也沒有了。後讀董文敏《畫禪室隨筆》，方知香光當年携元暉《瀟湘白雲圖》游洞庭，也有相似的感受：「斜陽篷底，一望空闊，長天雲物，怪怪奇奇，一幅米家墨戲也。自此每將暮輒捲簾看畫卷，覺所將米卷爲剩物矣。」

12×17.5cm

二十八　「誰憐靜對勝常人」：記父親葉葱奇墨竹

不太清楚父親是從哪一年開始畫竹的，不過他詩集裏有一首辛未年（一九三一）所作的七絕《題畫竹》：「愁懷著紙風吹雨，歷眼紛披不當春。舉世更無文與可，誰憐靜對勝常人？」那一年，他二十七歲。到了己卯年（一九三九），李拔可（宣龔）先生有五古《題葉葱奇畫竹便面》：「守窗意難平，止怒莫如竹。忽聞涼風至，令我不飯沐。君胸千琅玕，瀟灑無由俗。何當出扇手，扇汝人如玉。」父親隨即也有次韻的酬作。兩年後，父親又作《次韻幼達索寫墨竹見貺山水便面》，由此可見進入上世紀四十年代前後，父親的墨竹已經在好友間流傳。四十年代初，叔父百豐在上海主編的《群雅》文言雜志，封底內頁的廣告裏，有祖父（「桐城葉浦蓀先生」）的「賣文潤格」及「山水畫值」，也有父親的「墨竹潤例」，列出各種尺寸大小的「堂幅」、「屏條」以及「册頁」、「紈折扇」的價碼，由「各大箋扇莊」收件。記得父親說過，賣出去過一些，但是並不足以餬口。

外祖父日記裏記載，民國八年正月十四日，他去觀賞祖父所收藏的書畫，其中外祖父認爲最佳者，有清代畫家羅兩峰（名聘）畫竹十二幅，合爲長卷。《海藏樓詩》卷十裏，收有民國十二年他寫的一首七古《爲葱奇題羅兩峰畫竹卷子》。祖父逝世之後，他所留下的所藏書畫，由各房抽簽分配。這幅長卷分到哪一房、「文革」後是否還能幸存，如今已經不得而知。不過父親畫竹，主要師法明代墨竹大師夏仲昭（名昶），講究墨色、風神、章法，遠追蘇東坡在《王維吳道子畫》一詩中所描寫摩詰的手筆：「門前兩叢竹，雪節貫霜根。交柯亂葉動無數，一一皆可尋其源。」甲戌年（一九三四），父親從羅叔言（振玉）先生那裏借來他收藏的仲昭墨竹長卷，「披展彌月」，後來花了十來天，細心臨摹一過，自己覺得功力大進。到了一九五七年，父親將自己臨摹的這幅長卷裝裱好了，給大姐作爲她三十虛歲的生日禮物。手卷全長六點八四米，高卅六釐米，是父親自己三十初度時的力作。這裏爲大姐紀念册上所畫墨竹小品（「厚」爲大姐日後不再使用的本名），則作於一九四四年秋天。

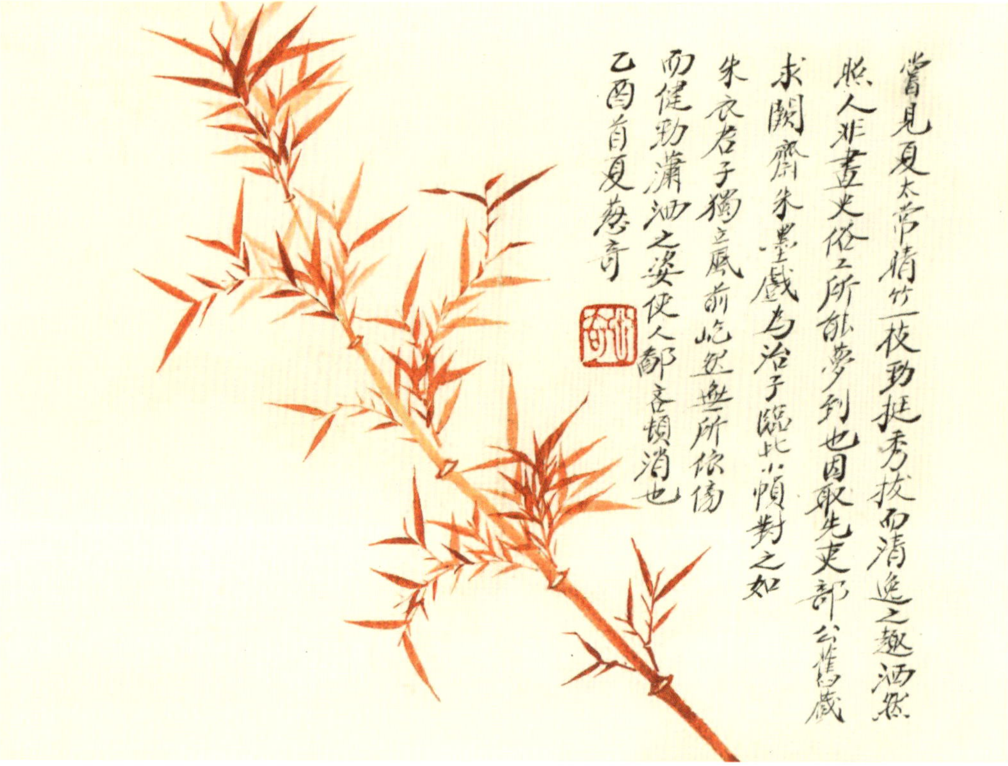
嘗見夏太常晴竹一枝勁挺秀拔而清逸之趣洒然
照人非畫史俗工所能夢到也因取先吏部公舊藏
求闕齋朱墨戲為治子臨此小幀對之如
朱衣君子獨立風前屹然無所依傍
而健勁蕭洒之姿使人鄙吝頓消也
乙酉首夏慈奇

14.6×11cm

二十九 「朱衣君子獨立風前」：記父親畫朱竹

父親這裏在大哥的紀念冊上畫了一株朱竹，題詞中所提到的「先吏部公」，是我高祖葉樹南的胞弟、曾任吏部主事的葉毓桐，作畫時所用朱墨，是家裏傳下來毓桐所收藏的曾滌生（國藩）「求闕齋」遺物。

世間相傳，畫竹始於三國關雲長，朱竹亦由其首創，但這個説法並無史料根據。清季戴醇士（名熙）在其《習苦齋畫絮》中曾轉述蘇東坡的一則畫事：「東坡曾在試院以朱筆畫竹，見者曰：『世豈有朱竹耶？』坡曰：『世豈有墨竹耶？』善鑒者因當賞於驪黄之外。」晚明陳眉公（繼儒）《妮古録》則云：「朱竹古無所本。宋仲温在試院，卷尾以朱筆掃之，故張伯雨有『偶見一枝紅石竹』之句。管夫人亦嘗畫懸崖朱竹一枝，楊廉夫題云：『網得珊瑚枝，擲向篔簹谷。明年錦棚兒，春風生面目。』」眉公並未提到東坡，而以爲最早畫朱竹者爲趙子昂的夫人管道昇。道昇（一二六二—一三一九）作畫，楊維楨（字廉夫，一二九六—一三七零）題詞，並無問題，可是眉公這段話的前半，用了一個「故」字，似乎有些時序顛倒，因爲仲温、伯雨分別爲明初宋克（一三二七—一三八七）及元代張雨（一二七七—一三四八）之字，伯雨去世時，仲温才二十一歲，而且也不曾聽説兩人生平有何交集。大家平常所見到的竹子，都是《詩經》上所謂的「瞻彼淇奧，緑竹猗猗」，既無朱竹，亦無墨竹，但若醇士所述實有其事，則博學如東坡，也許没有讀過南朝劉宋時期戴凱之所著《竹譜》。該書記載竹共四十餘種，包括「皮赤」的「桂竹」、「皮白如霜粉」的「篁竹」、「有白有紫」的「苦竹」、「色如黄金」的「海篠」，以及出産於「沅澧」（今湖南沅陵、醴陵）的「赤白二竹」等等。幾年前我訂閲的《洛杉磯時報》星期日版有篇文章，也説全世界各地的竹子共有三千餘種。所以黑色、紅色的竹子，世上也許還是有的。當然，得去請教植物學家了。

父親這幅小品，作於一九四五年，説是在「首夏」，當爲陰曆四月。從大姐當年的日記中知道，就在該月下旬，大哥從聖約翰大學英文系畢業，父母都去校觀禮，數日之後，叔父百豐與嬸母夏漪在梅龍鎮酒家舉行婚禮，證婚人是夏劍丞先生，場面很温馨。

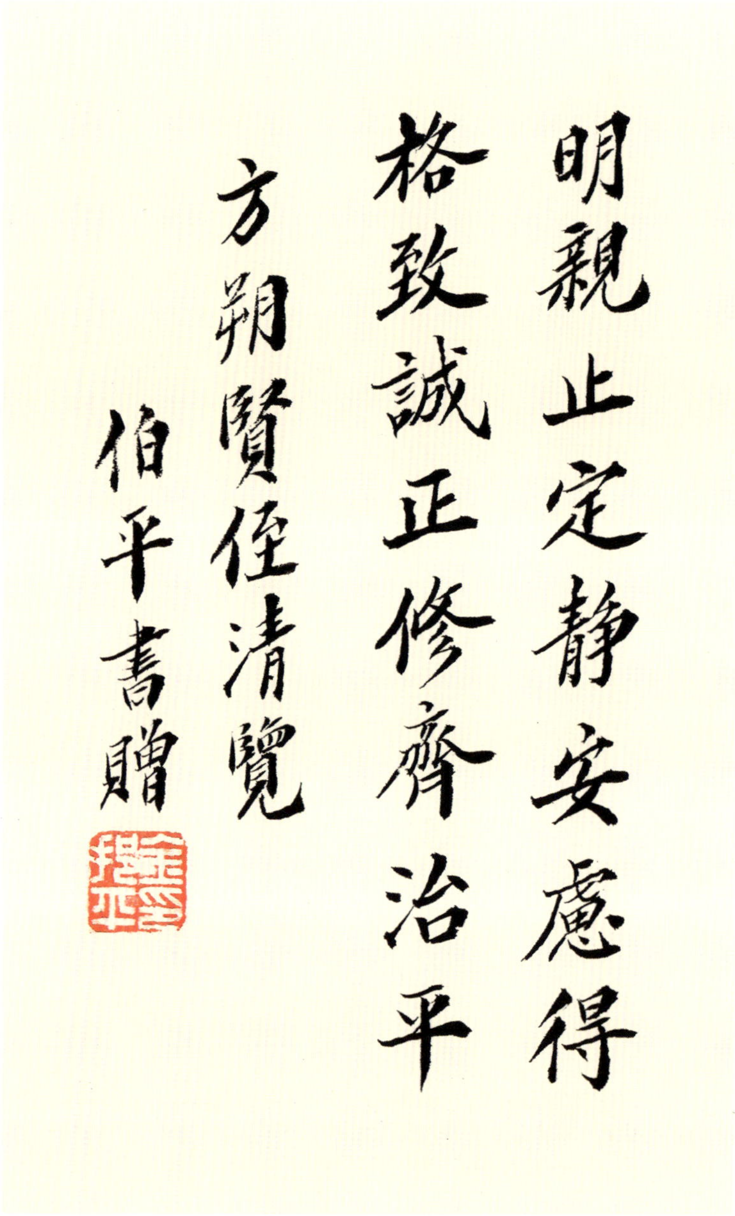
明親止定靜安慮得
格致誠正修齊治平
方朔賢侄清覽
伯平書贈

9×13cm

三十　「游心洽性天」：記大姨父金邦平

早年跟父親念《古文辭類纂》，其中「箴銘類」下有篇崔子玉的《座右銘》，其三四句云「施人慎勿念，受施慎勿忘」，一直記着。從小就聽父親說，上世紀四十年代初，家裏經濟十分窘迫，所幸常常受到大姨母、大姨父的周濟，得以渡過難關。大姨母鄭景，字德徽，是母親的長姐。大姨父金邦平（一八八一—一九四六），字伯平，安徽黟縣人，一八九九年從天津北洋西學學堂的律例學科畢業後，去日本早稻田大學攻讀法政。在日期間，他與蘇曼殊、蔣百里等發起「中國青年會」，學成歸國後授翰林院檢討，並爲直隸總督兼北洋大臣袁項城（世凱）掌文案。光緒卅一年（一九零五），大姨父被清廷授以新設的游學畢業進士，他與大姨母也在那年九月成婚，當時外祖父正在廣西邊防督辦任上，未克參加，但日記裏有記載。入民國後，大姨父追隨項城，於一九一四年與林長民、伍朝樞等人一起出任政事室參議，次年任農商部次長兼全國水利局總裁，後又在段祺瑞內閣中出任農商部總長。民國年間陳灨一《新語林》卷四「賞譽」類有一則，說項城自詡麾下有「九才人、十策士、十五大將」，各有擅長，其中的「十策士」裏就包括大姨父：「金伯平善文」。項城去世，大姨父也許覺得已經報答了知遇之恩，竟於當日提交辭呈，轉事實業。他長期住在天津，任天津、上海兩地啓新洋灰公司總經理，還出任過一任天津著名的耀華學校的校長。大姨父的胞弟金邦正（一八八六—一九四六），字仲藩，留學美國歸來後，曾經出任清華的校長，與大姨父同年逝世，前後相差只有二十天。

大姨父在大哥紀念册上所留手澤，是擇取《大學》章句精簡而成。他在天津英租界康橋道的寓所，現爲和平區重慶道一百十四號，已被辟爲「金邦平故居」。四十年代初父親迫於生計，隻身赴津就家館，未久母親亦携除在聖約翰大學攻讀的大哥以外的子女到了天津，一家六口，先就寄居在金府三樓，後來才在附近租屋。大姨父去世後，父親寫了三首五律挽詩，其一之前半，頗可概括他這位連襟的一生經歷：「聲華發早歲，引退及丁年。過夢忘勛業，游心洽性天。」

海山畫道是蓬萊悵望羣仙去不回偶約尋春向江户又疑失路入天台玉顏一隊窣連雲出金井千株杭水開應念此花太岑寂長教我輩畫中來途過紅葉館諸妹

決壁施窗豁然見海題之曰无悶

海天在我東胡為伏暗室容忍久不決奇境真坐失庸流那辨此此秘待余發君看五尺地概若收溟渤開來一攬案意氣與天逸滔天自橫流而我方抱郗窗閒獨偃蹇萬象繞詩筆豎儒奮清狂作事衆猶慄前身疑幼安遯世送日月

甲午二月晦日張謇讀一過

17.5×28cm

三十一 「一坨扶海足躬耕」：記張謇

外祖父有一份自録詩稿，以宣紙對折後裝訂成册，高廿八釐米，寬廿釐米，除空白的封面封底之外，册内正反面共廿二頁，抄録辛卯至癸巳（一八九一至一八九三）所作各體詩凡廿六題卅八首，首頁鎸有朱紅長方形陽文名章。題曰、用字與《海藏樓詩》所載間有出入。陳石遺詩話説外祖寫詩「一成即不改」，看來早年並非如此。從日記上看，這部詩稿當是外祖甲午年（一八九四）初在日本神户總領事任上所書。這裏是其最後一頁，左下角的兩方朱紅陰文閑章，均爲日本篆刻家作品，外祖日記中有所記載。壬辰年（一八九二）十一月初七：「長尾贈日本林谷刻印一，文曰『撫孤松而盤桓』。」「次年二月初七：「津田竹堂來，復屬余作字二幅。有磁印，雕曰『天道自然』，非今日本人所能辦，余欲買之，不肯受錢。」長尾甲（一八六四—一九四二），號雨山居士，早期西泠印社兩位日本會員之一，工漢詩，善行草，是與外祖詩酒相酬的老友。林谷、津田生平不詳，待考。

詩後有朱筆小楷一行「甲午二月晦日張謇讀一過」，册内之朱筆圈點似亦出諸其手。外祖日記記載，當年二月外叔祖孝樫自神户搭船回國，後來來信説廿六日到北京，「詩稿爲季直取去」。張謇（一八五三—一九二六），字季直，是外祖的老友，早年與外祖的舅父林怡庵（名葵）同爲淮軍將領吴長慶幕僚。壬午年（一八八二）七月外祖曾集杜詩爲季直三十初度祝壽：「雄劍四五動，才名三十年。」季直致書怡庵云：「愧甚，以出自蘇龕之言，則可喜也。」兹後，直到籌設立憲公會，二人關係至爲密切，但入民國後因政見不合，漸行漸遠。季直淡出政壇，轉事實業後，一直想邀外祖出馬。民國二年十月，季直電邀外祖出辦巴拿馬世博會，外祖謝辭，但舉薦長婿金邦平；隨後季直又函邀外祖主持東三省水利，亦被婉辭。次年三月，外祖接到季直由南通來電，於次日晚間趕赴唐家閘大生紗廠，逗留了將近一周，參與了股東會的事務。晚至民國十一年二月間，李拔可來説要爲季直七十大壽作壽屏，由子培（沈曾植）列名撰文，外祖當場應允由他來書寫。就在這一年，市場逆轉，大生由盛轉衰，季直暮年坐困愁城。外祖寫過一首七律《題張季直荷鋤小照》，其頸聯云：「萬頃吴江容獨秀，一坨扶海足躬耕。」没想到季直一生慘淡經營，結果最後在吴江畔、東海濱的南通一隅，連「足躬耕」也難以做到。

紆徐澹妙，將來可自成一家，爲國朝詩派所無。

乙未三月薳憲拜讀附識

12.5×24cm

三十二　「高歌驚海若」：記黄遵憲

外祖父留下的自録詩稿裏，夾着一張紫色的印花箋，長廿四釐米，寬十二釐米有半，左右邊緣分別印有「文寶製」、「五雲牋」字樣。題識者黄公度（名遵憲，一八四八—一九零五），廣東梅州人，是知名的晚清外交家。題識標明爲乙未年（一八九五）三月。當時外祖在署理兩江總督張之洞幕府，督署在江寧；公度則於前一年歲尾從新加坡總領事任上卸任回國，到江寧後被委任爲洋務局總辦。從外祖日記中知道，該年正月，他初次見到公度，也許因爲當時後者剛剛過了烟癮，印象並不太好：「黄狀甚濁俗，烟氣觸人。」不過月底去拜望公度並與之長談後，略有改觀：「其人甚黠，頗有才氣。」二月十七日，公度送詩來給外祖，次日外祖即回訪，並作五律《題黄公度詩後》，其頷聯云「高歌驚海若，奇事破天荒」，頗可概括公度詩作的特色。應該就是在這一天，外祖也將自己的詩稿給了公度，因爲從日記看，自十九日起，外祖即告假去上海、杭州，到三月初九才回到江寧，隨後到十七日才再次見到公度，當天的日記記載公度還了詩稿，並全文記下了這段題識。不過，外祖對於公度的褒揚，並不領情，在抄畢題識後加了一句：「黄實粗俗，於詩甚淺，而謬附知音者也。」六月，公度送外祖詩二册，外祖又在日記中說：「其詩骨俗才粗，非雅音也。」次年正月，外祖被委任爲洋務局提調，成了公度的下屬。二月間外祖見到公度之子仲雍，在日記中誇獎他「談吐頗跌宕可喜」。七月下旬，公度離任他就之前，外祖曾與他數度長談。

公度詩作，受到梁卓如（啓超）的大力推崇，被譽爲「詩界革命」的代表人物。五四以來的文學史，多奉意識形態爲圭臬，公度亦被推爲晚清詩壇一大家，其實頗可商榷。外祖一生於詩學上所服膺者首推陳散原，與公度、卓如不在同一陣營。不過，對於公度詩作，倒不妨一讀錢默存先生在《談藝録》中比較全面的評論（一九八三年補訂本·三）：「近人論詩界維新，首推黄公度。《人境廬詩》奇才大句，自爲作手。五古議論縱橫，近隨園、甌北；歌行鋪比翻騰處似舒鐵雲；七絶則龔定盦。取徑實不甚高，語工而格卑；傖氣尚存，每成俗艷。」

三十三　龍樵墨戲：記蕭愻

父親晚年將他珍藏的一幅袖珍手卷傳給了我，手卷高僅九釐米，全長二百零八釐米，卷首外側蠅頭小楷的題簽爲「蕭龍樵萬里歸舟圖　静庵屬題」，下另有兩字，已漫漶不可辨識。父親當年如何得到這幅手卷，到手時是否已經裝裱成卷，如今已經不得而知。父親給我時，手卷之「引首」部分尚爲空白，後面的「尾紙」部分，有祖父與黄默園（名懋謙）先生分别於戊辰年（一九二八）、癸酉年（一九三三）留下的墨寶題識。父親將手卷給我之後，我就請工篆書的四伯在「引首」題「萬里歸舟」四個大字篆書，後面四伯又以楷書寫下三行小字「世起侄索題　曼多葉參　時年七十有九」，推算當在一九八零年。一九八一年初，父親又在「尾紙」上祖父與默園後面寫下了他的題識。

蕭愻（一八八三—一九四四），字謙中，號大龍山樵，安徽懷寧人，算是我們老葉家的大同鄉。他早年師事同鄉前輩畫家姜穎生（名筠，一八四七—一九一九），以臨摹「四王」山水起步，尤以石谷（王翬）爲楷模，以後能做到爲師代筆。後來他隨友人入川，又赴東北，三十八歲重回北京，在展覽會

約28×6cm（全畫43×6cm）

中見到石濤（原濟）、半千（龔賢）、瞿山（梅清）的畫作，大爲傾倒。他用心揣摩，自此用筆渾厚蒼勁，設色、賦彩精緻講究，自創一格。他與陳師曾等人共同發起成立中國畫學研究會，後於北京美術專科學校及各畫會任教多年，並著有《課徒畫稿》一卷。上世紀二十年代初，祖父全家都住在北京。祖父的題記開頭，寫到當年去拜訪謙中的一段經歷：「蕭先生居京廢寺中，泊然寡營。余嘗偕雁客過訪之，見方爲武人作畫。語次，一馬弁闖入，來相迫促。先生極不自聊，余爲之氣塞。」這裏說到的「武人」，想來總是某位北洋的軍閥。隨後，祖父爲「古今文人厄運」發了一通感慨，又說：「君爲姜穎生前輩高弟，而筆境直欲凌駕之，以爲石谷不必學。此幅偶爲墨戲，蒼勁絶俗。」

這裏掃描出來的「畫心」部分，大約爲全圖的三分之二上下，原作用宣紙，高僅六釐米，全長四十三釐米，作於壬戌年（一九二二）秋天，應該是謙中重返京師，改變畫風之後所作。因爲年代久遠，手卷紙背已經有了裂紋。謙中的大幅設色畫作，往往山重水複，構圖綿密。有人甚至認爲他的畫面布置缺乏靈疏的風致，觀此畫，當知此論不公。細看皴擦點染之間，確實深得半千的神韻。

蕭謙中作畫多設色
而此卷獨爲墨戲筆意
神似半千今爲吾友葉
葱奇所得葱奇工畫
自能辨之謙中固鬻畫
自給者也舊都蕭索
詞人墨客益復無聊
正字之溫飽與吾儕無
繫於山谷之懷耶
癸酉孟冬黃懋謙

約12×7cm

三十四 「弢庵門下士」：記黃懋謙

前面説到蕭謙中《萬里歸舟圖》手卷的「尾紙」部分，有黃默園先生的題記。默園名懋謙，福建侯官人，生卒年待考，但當爲父親的前輩。他於宣統元年拔貢，歷任學部普通司行走、京師大學堂監學、教育部主事、廣西巡按使署秘書、政事堂主事等職。入民國後，一九二九年四月，默園曾被委任爲北平特別市衛生局秘書。其子大馥（字君恒），娶北洋靳雲鵬内閣交通總長曾毓雋之獨生女和清爲妻。汪辟疆《光宣詩壇點將録》云默園游於陳弢庵（寶琛）門下，其詩亦宗法滄趣樓。閩侯人林庚白《孑樓詩詞話》亦云：「閩人黃懋謙，有詩才，爲遜清遺老陳弢庵之門下士。其詩什九描摹聽水，然亦或青出於藍。」「聽水」爲弢庵齋名。父親詩集第一卷收録自己自一九二八至一九三三年最早的詩作，當時曾呈請師友指教。四位在卷末留下題識者，除夏劍丞、陳仁先（曾壽）先生之外，也有默園：「似瘦而腴，似澀而潤。選字琢句，出入於臨川、後山。」此外，在書寫以上題記同一年（一九三三）的初夏，默園還爲父親寫過一個灑金箋扇面，是他自己的四首詩作，計七絶一、七律三，後題「葱奇仁兄世大人詩家正句　癸酉四月默園弟黃懋謙」，語氣極爲謙和。默園的小楷造詣頗深。扇面上四首詩裏，我向來最喜歡第一首七絶《四月初九夜紀夢》的奇崛之氣：「才見花光撲面來，金蛇挾雨震春雷；不知對弈僧房客，地覆天翻閲幾回。」

國内拍賣會上，曾見蕭謙中於丙子年（一九三六）所作梅石圖扇面，其反面爲次年孟夏默園所書自己詩作，可見默園與謙中亦相識。此處題記末云：「正字之温飽與否，能無繫於山谷之懷耶？」所用典故，來自黃山谷《病起荆江亭即事十首》其八：「閉門覓句陳無己，對客揮毫秦少游。正字不知温飽未？西風吹淚古藤州。」按山谷於建中靖國元年（一一零一）初，被召爲吏部員外郎，因病新愈，辭謝不赴，在江陵候新任時作此詩。此首慨嘆兩位友人的遭遇，無己即陳後山（名師道），時任秘書省「正字」，此官職北齊始置於秘書省，隋、唐、宋沿置，與校書郎同掌校讎典籍，訂正訛誤，實爲下僚。《王直方詩話》云無己「閉門十日雨，吟作饑鳶聲」句，爲山谷所鍾愛。少游則爲「蘇門四學士」之一的秦觀，時已病卒於廣東藤州。

鳴謝（代跋）

二零一一年八月，我從美國去長沙湖南師範大學暑期學校講課。隨後，在去香港城市大學就任秋季學期客座教職之前，回上海探望親友。在與安迪兄見面時，我跟他説起兄姐的紀念册裏，有些前輩文人留下的墨寶，倒可以寫些小品。次年年初，他邀請我參加由他擔任責任編輯的《文匯報·周末茶座》，就讓我以這些前人手澤爲題，這就是《翰墨風流》專欄的由來了。自二零一二年三月至歲尾，陸續刊發，前後歷時凡十閲月。

二零一二年八月，我回國去江蘇南通開會，會後又回上海小住數日，適值「上海書展」期間，通過安迪兄結識了中華書局總編輯徐俊先生，承他熱心當場答應在專欄結束後由中華結集出版。今年六月回國時，在申江再度相聚，徐先生告知他已委托文化遺産分社社長朱振華先生具體負責其事。隨後我去北京開會期間，與振華先生晤談，知道我的這本小書能受到他專業的「照顧」，至爲欣慰。

當初專欄在周末刊發，大多文稿也是我於教學之餘在周末率爾操觚趕寫出來的，發刊之後，幸承《文匯報·筆會》很多既細心又熱心的讀者，陸續發現了不少舛誤，使我得以在此次結集出版時一一予以更正，其中包括鍾叔河先生、俞可先生、網上一位「野藤齋主人」，以及大姐在約大的老同窗朱森茂大哥等人，在此一併拱拳作揖謝過了。有這樣的讀者，是《文匯報·筆會》之幸，也是作者之幸。

這一專欄，每次在報上刊發時都配有圖片，排版、刊發頗費心神，謹在此向《周末茶座》的兩位正副主編周毅、舒明先生表示誠摯的感謝。至於安迪兄，這次出書時慨然應允擔任特約編輯，精心策劃，助我良多。相知日深，訥於道謝，還是一切盡在不言中了罷。

二零一三年六月　葉揚於滬上

圖書在版編目（CIP）數據

翰墨風流 / 葉揚著. -- 北京 ：中華書局，2014.8
ISBN 978-7-101-10309-0

Ⅰ. 翰… Ⅱ. 葉… Ⅲ. 小品文－作品集－中國－當代
Ⅳ. I267.3

中國版本圖書館CIP數據核字(2014)第154753號

書　　名	翰墨風流
著　　者	葉揚
封面題簽	安迪（陸灝）
特約編輯	安迪（陸灝）
責任編輯	朱振華
裝幀設計	許麗娟
出版發行	中華書局 （北京市豐臺區太平橋西里38號 100073） http://www.zhbc.com.cn E-mail:zhbc@zhbc.com.cn
印　　刷	北京今日風景印刷有限公司
版　　次	2014年8月北京第1版 2014年8月北京第1次印刷
規　　格	開本889×1194毫米　1/16 印張 5　插圖 35
印　　數	1－2000册
國際書號	ISBN 978-7-101-10309-0
定　　價	96.00元